歲月長河

著作者的話

理工人寫文學式的文章是很有隔閡的。本書的內容既要有類似小說散文與抒情文，不僅考驗著作者文筆功力，更需融入豐富的情感。本書的主要出發點，是要為自己留下第一本創作，並與家人及親朋好友分享。雖然多年前曾累計出版過約20本科技叢書的譯著，但這與文學創作仍有極大的差別，應該說是南轅北轍，毫不相干。

本人有幸在國家中山科學研究院服務35年，因緣際會決定提早屆齡65歲前三年半退休。即使長官要我

以有給職顧問回聘，但我毅然拒絕美意。35年，幾乎人生的精華歲月皆奉獻在刻板的國防科技，即使國家中山科學研究院讓我不斷地接受挑戰與學習，更餵養我這一生，讓我毫無後顧之憂。但人生50＋後，正如多年前一部知名的電影，「靈魂急轉彎」裡的金句：生命要呈現甚麼樣的面貌才算是不虛此行？

退休後，第二人生是從人工智慧（AI）的鳥音辨識開始，悠閒的到附近的公園（如高美館、高雄客家文物館、澄清湖以及鳥松濕地公園等），拿著麥克風四處錄音各種鳥叫聲（如五色鳥、白腰鵲鴝、白頭翁等）。在退休後八個月內研究的頗有心得。但突然發覺鳥音的

人工智慧辨識研究成果，實在無法為自己創造知名度。後來又想研究皮膚痣，應該更為實用。但又發現此種資料庫實在無法自醫院獲得，因此作罷。此時正逢八八父親節前夕，為懷念70歲早逝的父親，因此改為開始書寫父親過往的一切，也因此開啟了人生的第三春，當個老文人試試。如此欲罷不能，繼續書寫往生已經十多年的母親（50多歲即罹患巴金氏症）與自己一甲子的生命歷程，希望自己的人生不虛此行。

最後，感謝商鼎數位出版有著平台，期待世界能看見我。更期待有緣人能以文會友，期待能提供寶貴的意見。更希望不久的將來再續一本關於童年時期在鄉下成長過程的長篇小說，讓人生劃下完美的句點。

國家中山科學研究院 水下科技部門
前總工程師 羅志正博士

目次

歲月長河

美好的歲月總是短暫的，但即使是一條小河還是會帶給一段難忘的兒時最純真的回憶，縱使涓涓小河最終還是會匯聚成漫漫悠悠的難忘一生。宛如千年之戀，說好了在彼岸相會，但這歲月長河啊，曲成萬縷千煙，你在這空間吶喊著，我卻迷失在那時的朦朧。

小學時朗朗唱唱的一條出處不明的兒歌：我家門前有小河，後面有有山波……。的確，我小時候位於屏東縣萬巒鄉佳佐村的宅院前方不遠處，也是有一條小河，但是宅院後方沒有

山波，高牆外是座垃圾堆小山。門的前方（不是門前）必須跨過一條這個小村落的主幹線小馬路，再經過臭味沖天，滿佈玻璃碎片的一大堆的垃圾，小河流水則被一排高堤隔開導引往下流，至於流向何處，不再注意，必竟水流過了一座能通往萬金教堂的小橋。過了這座橋後住家的家庭廢水直接排出注入到河水中。水流變慢，而且夾雜家庭排放的各式廢棄物，不僅河水呈現多種色彩，而且散發出一股綜合多種的臭味。即使當時的我們，看似野小孩，野小孩也有愛好乾淨的習性。說實在的，任誰也不會想踏入所謂下游那段似流且靜的臭水溝，除非是不得已才下去爛泥巴或石頭縫挖掘釣魚需用到的紅蚯蚓；至於清澈的上游則不知源自何處，或許來自大武山，並且流經來義鄉途中再經過河道的自然清澈的湧泉灌注，上下游形截然不同的風貌。正如歲月的流動，總有令你無法恣意妄為的時候。上游是較小的河道，涓涓清流伴隨著流動的音響，恰似年輕的躁動似地；這股流水不斷地流注到中段較寬廣宛如湖泊般大水塘，看似人生中年穩重般的寧靜；下游長滿青苔與混濁汙水，似靜若流，恰似晚年般

的無奈。就是這麼一條小小河流，築起一座乘載著哀喜的回憶長廊，你完全無法避開閃躲，畢竟這條看似不起眼的小河，你的年幼時光也就就是小河歲月，是巧不巧地應證了我家門前有小河的幾年幸福童趣。

春暖花開就是這條小河最是美麗的時光。赤腳溯溪而上，遇到二旁皆是高聳清脆樹葉的竹子，春風偶而徐徐拂過，茂盛的竹竿相互擠壓碰撞，產生一種奇怪的嘎嘎聲響，風兒拂梢而過，竹葉的梭梭聲響，當時還是童稚的我們，總覺得毛骨悚然；而且水底沉積不少竹葉竹枝，又怕不慎掉落的竹枝又會尖刺刺傷，在小小的心靈中總覺得竹叢隧道有種蕭瑟的恐懼，因為那不是一個人的武林的膽識，也不是高雄美術館「龍貓隧道」觀光樹叢內美麗的輕軌。因此即使再往上不久就是小小住戶村落，而且左側竹叢旁邊是香蕉園，偶爾會看到香蕉園工，但印象中，從未越雷池一步，畢竟竹竿緊密的排列一起，幾無任何縫隙能讓你中途爬上岸。但那一段似流又靜的短短但又稍微寬廣的陰暗河道，總覺得那

是這條小河的源頭，也是當時獨自一人溯溪時最覺得驚悚的河段。但如果是一群野小孩的同遊，就變成嬉戲般的泳渡，壯膽到毫不在意那段整個竹林遮蔽住天空的陰暗，像極了歲月長廊，只是不遠處又見陽光，似乎希望總是隨時隨地都會遇到的奇妙。隨著光陰的推移，陰森河道倒成為尋魚找蛙的另一天地。歲月之河逐漸在生命中遺忘，河底下滿佈新舊堆疊著的落葉，這段短短的河道也有著無奈的歲月痕跡，儼然成為生命長河，戀你如昔，只是今仍在？

銜接這段約莫十米寬陰森且較寬廣河道與下游約末二十米更寬廣河肚間，是一小段深不及膝蓋清澈見底的小河，最寬大約三公尺且約100公尺長的涓涓滾滾細流，宛如是這整條河流最具青春模樣的片段，恰似人一生的年輕歲月。小學時期，總會脫掉上衣或甚至完全光著全身，逆流趴在溪水上，臉龐沉入水中看著滿佈著各式的小石子，或走在溪水邊看著河旁多種的水生雜草、小花以及各種蝴蝶與小蜜蜂，偶爾也驚嚇到水中的小魚兒，不斷地拼命逆流

而上，或許這也是我們家四兄弟，都陸續考上高雄中學的緣故吧！？當然，這裡不是中國大陸的浙江省奉化縣，沒有成就偉人的天時地利之巧合。有時沿著溪流旁的土石邊坡爬上別人的香蕉園，不慎撞見一位小姐姐，她是大哥的小學與國中同班同學，算是小美女村姑，將我們視若無睹，應該是不屑吧？長大後她居然能遠嫁香港，而且成為二岸三地的名畫家，偶爾也會返台開畫展。其實這條「門前小河」不只孕育一位名畫家而已，還流出了一位洋博士、一位土博士、一位牙科醫生以及一位清華大學電機碩士兼電機技師，而那位洋博士還當過市議員與立法委員，在歲月的長河裡，那是一條幸運且再快樂不過的童玩之處，更應證了所謂春江何處不飛花，野孩子也會有春天。梅雨節來臨時，滾滾江水天上來，春季是這條小河呈現最美麗的婀娜多姿的季節，萬草叢生，百花齊放。

當細流之水注入河肚，也就是此條河流最寬廣之處，形成如湖泊的樣貌，河水似乎突然完全靜止似的，其實還是緩緩的流動著，此時正是孩童們最具

冒險也是最快樂的季節。自還有高度的護堤縱身一躍而下，再往護堤另一邊游上岸。周而復始，直到玩膩，或者母親拿著一根棍子追過來才停止這種再高興不過的冒險嬉戲。更為誇張的遊戲，則是自組竹筏，站立著以長竹竿深入水底頂住向前伐動，布放流刺網來捕獲以吳郭魚為主的大型魚類，而且還有可能是鯽魚、鯰魚、土虱等，等同晚餐加菜。習俗上，豬、狗死去要放水流，貓隻則吊掛在樹上。遇到這種情況，一股屍臭味沖天，還看見豬狗屍體上布滿腐蟲，噁心至極。即使看似清澈的小溪，上游或許也是如此慘狀，居然我們也樂在河水中而不知，應該是眼不見為淨吧！

當冬季來臨，晨霧經常籠罩著河面，快成伸手不見五指，冷冽的空氣益覺酷寒的冬天。似乎上游的溪流已經呈現完全的乾涸，此時小溪最寬廣的部分成了乾裂的泥巴路，偶爾拾起大小不一的石頭，堆疊成如同花蓮七星潭岸邊常見的美麗的堆石，甚至溪旁的雜草幾乎也是完全乾枯的。秋末初冬時，這

個小湖泊益顯寂靜，滿布著水草，看似垂垂老矣，但水草下游著肥美的鯽魚，魚肚中呈現滿滿的魚卵，此時正是父親展現高超釣魚技巧的季節。如果隔日清晨要到護堤上垂釣，前一天就需準備米糠粉與飯糰當作誘餌，魚餌即是蛋糕或麵包為最佳，揉成小小的圓粒，以適合小魚鉤勘入，畢竟鯽魚的嘴巴較小，要讓它能整粒吞入拉扯，水面上的長形細浮標方能有明顯可見的晃動。正式垂釣之前，必須以魚鉤慢慢地勾起水面上滿布的水草，形成能投放誘餌且釣起鯽魚時不被水草勾住，以防於而脫鉤而逃。清晨約五點，晨曦尚未甦醒，湖面似乎被霧霾籠罩著，只見護堤旁下方湖面與覆蓋著的水草。一陣陣冷風拂面而來，走在不寬的護堤上，身體有些顫抖，趕快找個適合的位置，以免摔落到冰冷的河水上。雖然並非每次都能中魚，但只要魚咬餌的快感，不知不覺寒意完全消失。但即使再怎麼不捨，收起釣竿的時候到了，還得回家準備上學，父親則要打理上班的事。戀戀冬河，清晰往事，匯聚了記憶長河。

季節逐漸進入寒冬，河肚的水像水庫排洪般，突然，僅剩一漥漥的小小水塘，正是隨手即可抓取各類肥魚隻的豐收時刻。再隔不久，小小水塘更乾涸成泥濘地，挖抓泥鰍與鯰魚更是好玩，簡直像是冬令大進補。至此，這條完完全全乾裂成土石的長河，最後還有剩餘價值，馬上轉換成這群野孩子的棒球場，甚至有人就種起了爬地而生的南瓜。

隨著國中三年級時，舉家自萬巒鄉搬遷至隔壁的潮州鎮，這個村落的舊宅也易主後，這條幾乎是隨著小學時代成長的長長小河也在因就學而更換學校，直到成年後在高雄常住約四十多年後，早已經在記憶中逐漸淡忘，它是否還是一條河？還是隨著村落的都更，早已經成為排排的住宅建築？當地年輕人也或許早就忘記這裡曾經是一條小河？一條童年歲月的美麗長河。

歲月宛如大魔法師般，時光就如此地瞬間將工作、結婚生子、以及搬遷新居，瞬間推移至30＋，好像如夢幻般地無聲無息，而且就如此地成了漫漫愛河

的新鄰居，一鄰就三十年，直到北漂後，別後成了餘生糾結的思念，如何忘懷？

就讀高雄中學，每日搭火車往返高雄與潮州二地，一天通勤時間大約都會超過二個小時，趕搭固定火班次的時刻極為緊湊。聽同學說過，雄中附近的市區愛河之流，真的看過流鶯。因為他們的租屋處就在愛河附近。幾乎任何時刻都能看見打扮花枝招展的中年婦女徘徊在當時仍是臭臭的愛河，看見任何男人（們）沿著愛河二旁步道經過，必被詢問騷擾是否需要愛愛？，而且極盡所能的誘惑與糾纏，原來當時愛河二旁蓋了不少旅社，也是就近因應而生。警察經常巡邏，似乎防不勝防，還是睜一隻眼，視若無睹，只要不要太超過即可。但隨

著歷代市政府戮力的整治，早已經不再有影響風化的情事，這一段支流二旁像是化了妝似的，逐漸成為布滿紅樹林的休閒步道與河旁住家搬椅子聊天嬉戲的夜晚休憩場所。光陰的遞移儼然成為文明的淨化器，洗滌了這條悠悠歲月長河。偶爾拾起小小釣竿，沿著河堤邊走邊釣，懷念兒時的童趣，即使釣起虱目魚的幼魚，腥味特別撲鼻，自魚嘴拔掉魚鉤後，將魚隻再丟下去愛河，看其載浮載沉，內心糾結著何其不捨，也因此自動封竿，不再殺生。冬季僅沿著河岸觀看魚群跳躍的美景，孩童時的長河往事不自覺地湧上心頭。彼時長河是歲月的鴻溝，將它與此時的愛河連接，銜接成一條歲月長河，而我終將是漂流的扁舟，載沉載浮，消失在無垠的盡頭。

傍晚與假日鐵馬來來往往沿著河岸旁的專用道穿梭著，蔚為奇觀，似乎喚醒了這條靜靜遺臭地睡躺著多年的長河，這是鄰近住家的愛河主河道近況，是近三十年後的蛻變，而且可騎著鐵馬專用道，沿著河道直接騎至出海口，可再經過駁二特區、真愛與

新光碼頭等，也就是銜接到出海口，大約是五公里遠，的確是道道地地的長河半日遊。如果時間往前推移三十年，愛河二旁的步道是已經泛黑且時有碎掉的紅磚塊地板，年久失修，似乎政府單位尚無經費或精力，只要堪用即可，反正看不到幾個人在行走，更不用談鐵馬。那個年代裡，沿著這個有著歷史痕跡的破碎路面慢跑，已經成了我的日常，一路上長河伴我行。只是偶爾看見零散釣魚人士偶爾在愛河護堤的石柱間拋竿垂釣。的確在冬季的晨間，會有一群群的豆仔魚與虱目魚的幼魚跳躍水面，蔚為奇觀。如果不是海水漲潮，家庭廢水不斷地自許許多多河邊護堤壁中間管線不斷地排出，累積腐爛的家庭廢棄物沉底與汙水，將整個河道染成五顏六色的河水，而且河面漂浮著各式的菜餚。難怪愛河經常被形容成臭水溝，也經常成為選舉時期的政治議題，選後這條河流仍是依舊承載著經年累月樣貌，似乎政治又與我何干，自是江水我自流。即使臨河段的愛河仍未整治，但每每在任何時刻漫步在河畔，盛開的九重葛花串懸掛在河邊，湖光倒影般的鮮麗，早已經掩飾了汙濁河面的不對稱。35～45

歲年輕的日子就在知不覺中沉溺於此般美景而倏忽
消逝，宛若停泊在排水管上的鷺鷥，驚嚇的揚起沿
著湖面飛翔，瞬間消失的無影無蹤。人偷走了鷺鷥
的優閒時光，但歲月卻靜靜地且眼睜睜的偷走了人
生百態，酸甜苦辣竟是如此無法盡情地回味！正如
某首歌的歌詞如此寫著：時間是讓人猝不及防的東
西，晴時有風陰時有雨，爭不過朝夕又念著往昔。

終於在住了十年後，市政府終於想到住家附近約二公里遠且較接近愛河較上游段開始汰舊換新的沿岸步道，改成柏油路面的鐵馬與人行分道，並且廣泛植栽不同的樹木，譬如黃花風鈴木與紅樹林，美不勝收！只是那些有著歷史的古色古香暗紅色地磚，自此走出了歲月的長堤，我的人生也正式跨入45歲的中年，似乎何其的偶然，懷念的青春歲月是多麼不捨！

當市政府建起中都社區橫跨愛河而直通連結美術館特區的願景橋後，自住家大樓後方的空曠荒原直通美術館特區附近既繁榮又有寧靜的諾大風景區。往住家後方的休閒生活空間幾乎流連忘返寂靜的叢林都市間，住家前方等同八線道的車水馬龍大馬路，形成強烈的對比。這條綿源市區約五公里的百年河道，儼然像一條靜靜沉睡著的巨河流，河道二旁紅黃垂柳般的九重葛花瓣，美如一幅畫，每每讓你留連忘返，兒時的那條小小長河意象莫名的悄悄浮現，三十年如南柯一夢，河水是如何乘載著這段既久遠且沉重的年輕歲月？我是如何路過著一去不回頭的青春？

那是夏日的某個晨間，即使太陽公公尚未甦醒，我一如往昔，總會在清晨五點半前，沿著愛河步道慢跑約一公里後，在標示著「中都濕地」的木質標示牌前休息一陣子後，再沿路折返跑回起始點。一來一回，大約為半個小時，約莫已經清晨六點，如果不是冬季，此時旭日已經東昇，宛如突然拉開布幕似的，交錯的住家大樓門前來來往往的車輛已經熙熙攘攘，趕赴自己的工作崗位上班。正如外地人所言，高雄的馬路很寬廣，又只有二條無法四通八達的捷運系統，機汽車是最普通的便捷交通工具。出門時，樓上的鄰居大姐也剛好同時搭乘同一部電梯下樓，她是走過中華橋往美術館特區去做團體功操，而我則自鄰近中華橋靠近住家的愛河旁，沿路跑了1000公尺後，一路竟是美景，終於在上面刻著「中都濕地」木質路標處短暫地走走以調節喘氣，待心肺穩定後再原路跑回來，即慢慢地走回家中大樓，當時已年過半百。歲月長河即使是如此靜瑟，只有西邊出海口漲退潮時方知那是一條會流動的河流，自是江水向西流！

有多少的愛戀在你心中駐足，匯聚成一條悠悠歲月長河，別後你能否釋懷？愛河畔紅黃綠相間的九重葛花叢相間地垂下河堤，那是一幅渾然天成的美麗倩影，乘載著生命的韌性。我總會沿著河岸，拿起手機，瞬間河光倒影終成一生的回憶復刻。不經意地下半生的愛河之戀，終成亙久的思戀。再回首，故鄉已成異鄉！

河畔的木棉花道，更將岸邊增添著另一份情緣，總將它的花瓣編織成永恆的倩影。黃花風鈴木在陽光

的相伴下，更是如詩如畫。於是無意中寫下;「一陣夜雨，一場花舞，似水年華，如落青春。忽忽歲月，如影夢幻，醉似無怨，悠悠人間。」

而我呢？不知不覺已成長河過客，再回首已成百年身；再相逢，故鄉長河宛如異鄉心河。正如某首歌詞中寫到，……繁花落盡，一身憔悴在風裡……。

長河之美，四季呈現著不同的風貌，令人無法忘懷。於是又寫下了：「戀妳在冬季，忘妳春風裡，無需訴說，靜靜長河，秋瑟落葉，洗滌憂傷。」

那風一樣的頂客族少婦，應該不到40歲，第一次與我對面相逢，她卻看著我聲聲道早。我有點覺得怪怪的，原以為她是向我後面的熟人打招呼，我往後一看，居然空無一人，不得不也趕快道聲早。如果她與老公以及友人同騎，她總會突然慢騎到最後頭，向我微笑。這條長河，果然如愛河般乘載著愛戀情愁，那是已經年過半百該有的心境？遇到了還是宛若情竇初開！

羨慕騎鐵馬的女性風姿，索性也去買一台登山車，一萬元有找，否則有所虧待家住愛河旁的美麗風景。某日，休假一日，享受沿著河畔鐵馬繹道騎著騎著，突然那位年輕的女性，居然騎到我旁邊，令我飄飄然，受寵若驚，似乎感覺宛如年輕歲月的飄飄然。就如此偶然，已經過了半百人生的第一次，也是最後一次。幾乎每次沿著愛河騎鐵馬，總希望她能再出現，然事與願違。不知為何，她不再出現。是否她跟老公提起，將她禁騎愛河。我也因此較少再騎馬，封存的戀戀歲月，似乎早已隨風而逝！

提早退休北漂半年後，第一次再返高雄，故鄉已成異鄉，宛如昨日般，經過舊居的後面小巷，不敢騎進去，近鄉情怯。近一甲子的長河歲月，兒時的小河記憶早已模糊；30＋～60＋愛河歲月，再次沿著河岸走著走著，想起早期一位女歌手黃鶯鶯傳唱的一首歌：留步不住的故事，「……美麗和悲傷的故事，原來都留不住……，美好的開始，它最後常常是，不怎麼美好的結束……」。

遇

打從熟悉的南方走過，歲月的藩籬築起了半
個世紀的高牆，回首那道過往幽幽小徑，已
不復見來時路；但見人間雲霾十月天，霧散
之時君何在？我的夢境是如實的天堂，但又
宛似夢境般的虛幻。已經說好的，我們將在
彼岸相會，但這長河啊，曲成萬縷千煙，你
在彼岸吶喊著，而我卻迷失在那時。相逢的
故事，總是寫在無意中，來日有緣再相遇又
將幾何？

29 12 2012

數天前，我一如往常，這些年來有時單獨在國慶佳節期間前往恆春半島等候所謂《國慶鳥》的灰面鵟，有時則是夫妻倆結伴而行。或許此趟是今年最後一次再度造訪至愛的南國墾丁，我正同一群來自台灣四面八方的賞鳥人群們痴痴地等待，守候著那千群萬鳥高飛乘雲翱翔瞬間，給予驚聲尖叫，也就是在這頃刻之際，陌路的異鄉客形同摯友般，只是如此親密的關係，相遇的時刻匆匆，也是即將別離的霎那，再相遇或許需苦等一年，又或許是一別就是永遠。

風起了，群鳥騰雲滑翔，時現時隱，宛如羞於見人，快快離去，飛躲入雲海，或者是再急速降落樹叢之中躲藏。地面的觀鳥人，驚聲尖叫之餘也圓了苦等數小時疲憊的期盼。在那遙遠的南方國度，也就是如此偶然的相遇，歡喜隨緣，鳥盡人散，你我也終成過往之客。滄海桑田的南國際遇，你總是忘了說再見，最終於是羽化成山海情緣，漂泊在無垠的地平線上。

總難以理解，這群北方候鳥為何選上了南國之境。是高山遇上了海，還是高山愛上了大草原，抑或是千尋迷蹤的千變萬化的烏雲也是它的巧遇的麻吉，亦或許是為了再次南遷做客準備，彼時它們又會遇到何種驚奇的偶遇呢？

滿洲鄉位於恆春之東，幾乎是恆春半島的極東之隅，四處是平地草原，無人古厝老屋比比皆是。但說也奇怪，這裡不僅有極為有名的渡假村，而且不時看到寥寥幾棟超級大別墅，是外地有錢人且有閒時偶爾來此渡假而已。或許這一群來自地球北方

的《嬌客》選擇此處過境的主要原因，只是因為此處人煙稀少，自然界的天敵較少，反倒是人們才是唯一的天敵。而且初秋的十月裡，恆春半島《落山風》正盛，宛如它們又回到了熟悉的家鄉，又能再放任自我乘風駕雲地翱翔天際，遙望著高山伴大海。當歲月遇見了光陰，你總是會在某個熟悉的地方出現，縱然人鳥之間相隔如天地之遙，然而悲歡喜樂任隨緣，相逢何必曾相識？

十月天清晨的恆春半島，一如往常，落山風的確是出了名的，如同颱風般的犀利無情。如果這股陣陣拂面而來的秋風，如果不是自從楓港東邊越過丘陵而降，恐怕機車早已經被吹倒在快車道上，後果不堪設想。說來自驚，但見一位年輕的母親，騎著一部較大型的重型機車（或許她稍微年輕時是位重機女郎也說不定？），前座搭載著一位幼兒呼嘯而過，車速之快不亞於轎車，絕對超過80公里。也許她還沒能忘記自己目前的身份，還是青春忘了告

訴她，妳我已經形同陌路了！我這位《不老騎士》終於第二次到達了目的地，恆春古鎮。再熟悉不過的景象，觸動了我不已，是如實的確幸！縱使那段曾經是年輕的歲月，早就在數十年前跟自己說再見了。青春的姿態本不應該是白髮蒼蒼，雙眼下垂，臉龐上出現不大不小的老人斑，以及逐漸佝僂的身軀。如果不刻意挺直站立，我不就是標準的《老人》，60＋就是眼睜睜的事實。躲藏在軀殼中的靈魂偶爾就是會出現並殘酷地告訴你，年輕歲月的英姿也已經同時地遠離那段好像才剛告別的曾經。

這回我心中非常篤定，不再住宿熱鬧喧嘩的恆春大街，而是尋找一間位於安靜古街內的民宿。由於剛好是週六旺日，看到一樓賣著蒜泥冰的民宿，而且店面仍掛著仍有空房，但經詢問後方知已無空房，那個《仍有空房》的招牌應該永遠都是如此懸掛著，雖然它只是為了招來客人的噱頭而已，它那再不過簡單的四個字，雖然了無生命，卻帶給有緣的

人內心無限的悸動，盼望你我的相遇，或許真的是上輩子修來的福份！不過店員很親切的地跟我說，請稍待，她熱心地馬上去電附近約100公尺不遠處的某一間民宿，得知尚有空房，並且要那一間民宿的主人在外頭等著。遇到了這間特有紅白藍鮮明建築之民宿的主人後，意外發現原來它就在臨近出了名的打卡景點《海角七號》數十公尺旁，而且這間民宿稱為《幸福墾丁》，巧遇幸福總是無意中，何需刻意百度千尋？

我迅即發動機車，深怕又是已經住滿，又得在古街內來回仔細苦苦尋找另一間。的確右轉不遠處已經有位白髮蒼蒼的男士站在馬路中央以示明顯。我即使注視著前方，但餘光又不經意地看到那個恆春鎮最經典的打打卡景點，《海角七號》，又有幾位帶著墨鏡的熟女們，極盡地騷髮弄姿，想拍出最為年輕有型的模樣。或許是想在他們同溫層的《臉書》上博取讚賞，即使如此短

暫的歡愉，當年紀遇到了歲月，是否偶然牽手
的那一霎那，青春砰然悸動著？好似歲月就這
樣瞬間停止凝結，雀躍不已，並且迅速打卡於
社群網站，希望獲得粉絲《高度》的關心與回
響，果真如此就不虛此行。

即使如此貼近的距離，仍需仔細四方瞧瞧，到底民宿主人到在哪裡？也許那位民宿主人認為要住宿的應該是年輕人？從未注視約與他同齡的中老年人吧？待確認後稍作寒暄，感覺有千里遇故知的喜悅。等待我進入民宿內，女主人也出來迎接這位來自遠方的不速之客，即使一開始大家還是習慣性地在屋內仍帶著口罩，看上一眼就知道他們的確與我應屬同一世代的《老人》。我明確的告訴民宿主人，他主要是來滿洲鄉與墾丁社頂公園觀賞過境鳥《灰面鵟》，並且隔日清晨即離開並往墾丁公園方向。誠心是知遇的明窗，我與民宿主人短暫的交談後，馬上遞上一天的住宿費，民宿主人居然說到，如果你現在想要入住休息，頂樓二間原本是預留給在台中上班返家的兒子房可以讓我提早入住，但對面另一間，預留給外地工作的女兒房間則較不適合。後來女兒房間還是由一對年輕夫妻與一個幼兒入住。這對年輕的夫妻，也許來自較為北部的城市，眷戀著恆春夜的美，深夜才返回民宿，幼兒上樓梯時哭哭啼啼，居然吵到某樓層的住宿旅人，只

聽到有人喊道，可否安靜一點。在最南方的古城鎮，有緣千里相會已屬難得，難道還需在適當的時間軸相遇才能擦出最美麗的火花？

隔日清晨七點未到，我一如既定的行程，自行開啟民宿的一樓停放機車的鐵門，牽出機車，並將住宿

房間鑰匙放置民宿主人交待的地方，即啟程往墾丁社頂公園前進。再熟悉不過的道路，我這一生到目前為止，這條道路已經跑過至少50次。或許是清晨，道路上只見寥寥可數的汽機車，暢行無阻，但風兒持續撲面而來，仍有幾分涼意。20多分鐘後已經到達那熟悉再不過的墾丁公園入口。騎往墾丁公園的小山路上，晨光微弱地貫穿茂密的樹叢，忽隱忽亮，而且一路上僅有我的機車奔馳聲，當然沿路也看到幾位專程走路運動人士，但似乎仍有千山我獨行的感覺。就在自我陶醉於微風輕拂之際，突然聽聞後方有部機車以非常快的速度趕超越我的機車，沒多久就看不到車尾燈，但從背影可清楚地辨識出是年輕女性，應該是趕著到墾丁公園換班的早班上班族。幸福的人兒，終日與山海為伴，既可觀之蝴蝶飛舞且又能聽之鳥兒鳴叫。好一段山海的情緣，遇見國境之南，人生至福如此，今生何怨？

猶記得約7年前曾經出差鵝鑾鼻某處多日，住宿在靠山邊的獨棟透天民宿，前庭的長椅可以遠看著大尖

山，似遠若近。當時還開放大陸客來台旅遊，每天整個恆春半島的日夜客之多，無以計數。大陸客的旅遊方式，被當地的觀光業者包裝成固定的套裝行程，如鵝鑾鼻風景區，龍盤公園，風吹沙，海口的港仔吊橋與佳樂水風景區，恆春鎮，白沙灣等，但偏偏幾乎沒有安排墾丁公園與社頂公園的行程，進入墾丁公園的不是本地台灣客就是日本與西方客，可見文化層次不同，旅遊的方式與走訪的風景區也大異其趣。尤其是大陸客，幾乎傍晚返回墾丁的山海民宿，晚上覓食絕大部分以墾丁大街為主，可用人山人海來形容，而且越夜越不捨得休息。當時好不容易出差墾丁的我就只能往離開墾丁大街往北的麥當勞或我家牛排等在地常見的速食餐廳，因離開墾丁大街有段距離，的確用餐客都是台灣客，安靜許多。回想離我上一次進入墾丁公園已經至少15年以上，似乎對墾丁公園的記憶早就已經模糊，漫步在墾丁公園森林步道，的確有種深深的淒涼孤獨感。在那時感觸良深的當下，我帶著莫名的思古心境寫下了對於墾丁公園憶往的詩句：

乾涸的記憶

留在歲月漫漫長草中

風兒撩起

以徐徐美姿　　流注

依稀樹梢

天空之舞　　墜落

蹁蹁身影

尋尋覓覓　　遺失

那時花兒

招蝶畫憶

這人群啊

是夜的洪流　　迷失

原來，再怎麼美好的際遇，或許偶爾出現與你相遇揮揮手，但總會隨時光飛逝，躲得遠遠的，即使你是多麼的不捨回眸尋找，它總會讓你百度千尋渺無蹤。這是人生的不得不，也只能默默地接受，笑納無垠的飄忽虛無！

我仍沈思著這位女性的幸福進行式，不知不覺中已經穿越這一小段山路，迎來的是清新的墾丁公園與社頂公園分岔路的交界處，晨光已經自東方升起，雖然烏雲密布著，但還真有點刺眼，或許這就是幸福的方程式，完全沒有違和的感覺。看著左方的墾丁公園，好熟悉的場景，才不久前獨自開車來過。記得是週六放假日，無數的年輕家庭，帶著年幼子女同遊，我頓時又沈思在數十年前的回憶陀螺，那是一段溫馨家庭的懵懂的歲月，遇時偶然，去時當然。

右轉不久後隨即到達社頂公園的凌霄亭入口，剛好前方有位男士也是騎機車且背著應該也是

《大砲》長鏡頭重裝級設備，看似識途老馬的在地恆春人。當我尚在猶豫機車到底要怎麼停放才好時，這位在地人已經熟稔的將機車停放在凌霄亭入口小徑草叢旁時，我也隨之如法炮製，並且緊跟上這位在地人詢問，這樣臨停可否？他很篤定的說沒問題，終於鬆了一口氣，運氣來時全不費工夫，偶遇總在不言中，這就是人生之尋常！

一別又是一年，此情此景，恍惚如昨。小徑路邊的雜草小花依舊叢生，但蝶影蟲蹤已不復見。去年那對男女以微鏡頭細拍各式昆蟲的場景依稀記憶著，只是伊人何在？

緩慢循著凌霄亭的木階梯緩緩而上，回憶的思緒油然而生。那一年，就這麼短短的去年，就只是幾步之遙？歲月之緣，天涯咫尺！無意遇見，但它總會不經意地擦身而過，彬彬有禮地

向你問安，你也勉強地擠出那一丁點笑容相迎，相
逢何必曾相識？

終於再度登頂上了木板堆砌出的觀景台，熟悉的景
象再次呈現，晨曦在烏雲中如同魚肚白，若隱若
現。我環顧四周，追鳥人沒幾位，心裡早已經有
數，這次應該是人鳥的緣分已經結束。索性與那位
恆春在地人閒聊起來，方知他是恆春高中的行政人
員。閒聊時也邊看著紀錄何日何時的鳥群數量看
板，原來最多數量時的6萬多隻的起鷹日已經結束，
這群空中旅客應該早已經南遷了，此次又是來的不
是時候。在地老師的確為識途老馬，連《大砲》等
級地長鏡頭完全沒卸下組裝，或許依據他多年來的

經驗判斷，是不會再有驚奇之鳥，今年的人鳥肯定是無緣再相遇了。正在無聊不放棄並且再仔細環顧四周的同時，索性請教這位在地人，為何鳥縱數量可以估測到如此之多，而且甚至精準到個位數？他居然回答說是雷達掃描到的。我心裡正在狐疑之際，畢竟遠眺東方的鵝鑾鼻各式的雷達，尤其海軍軍用的海平面雷達站，我多年來已經進去過多次，怎麼可能掃描的到高空不同方向群鷹呢？這位在地老師看我一臉疑惑，迅即補充說道，是空軍雷達。的確應該是有可能空軍雷達，但那邊的空用雷達有軍用與民航局航管雷達之分。基本上依據的經驗，軍用雷達站是不可能將雷達偵測到的情資洩漏給民間去分析的，何況是作為偵測並量測灰面鵟的數量。因此如果為使用空用雷達掃描量測到的，應該是民航局航管雷達。只是即便為民用雷達，果真能有管道取得嗎？那位高層敢負責？如果曾經造訪東方面向太平洋的旅遊勝地，龍盤公園，自鵝鑾鼻公園往北開往龍盤公園，到達公園前的左方的超大圓球就是空軍與民航局的雷達，非常壯觀。

當雷達遇到了人與鳥，似乎又演變成棘手的科技問題。這位在地老師聽到我提到他有多次進入遠眺東方的海軍雷達站時，馬上提起精神問我是在哪兒上班，我告訴這位老師，之前是在某個研究單位上班時，居然會有人會對多年前在澎湖西嶼漁翁島旁的海軍雷達站服務過時，我只淡淡地回覆他，曾經進入那個雷達站幾次，而且也進入過西嶼下方不遠處的某機敏軍事單位時，似乎這位老師精神更為起勁。感覺真奇怪，這位行政人員應該也有55歲以上，離他服二年義務役時的20歲出頭至今，已經是30前年的往事，為何記憶歷歷在目？難道他是志願役至40出頭的少校退役後轉考公務人員而於恆春高中？我已經離觀察與猜測人性的需要已經一段時日，何必還存在這種慣性呢？何況只是萍水相逢的際遇，再不久又各自回到自己的人生，一切又只是偶然而已。的確，這位老師於短暫的停留後，即已頭也不回，更不要期待一聲再見。我來不及打包整理情緒，他我

已成陌路，他就這麼離去，未道聲再見，這是偶然也是必然，你我都是陌生人，相逢何必曾相識。我不久以後也隨之離去，留下幾位仍然不死心的鍾鳥人士，似乎依然百般不捨，也許只是依戀著南國之美，觀鳥之遇卻宛如變成了另一種附屬行程而已，瞬時又各自成為時光旅者，流浪在無垠的天際。因此，內心又烙下刻骨銘心之懷念，難忘的偶然油然興起，寫下：

《際》
從一個空間移動到另一個空間
記憶流逝如光
你也趕上這場風舞的盛宴
飛了　離了
歲月是否洗滌了短暫的邂逅
淡了忘了
來去如斯　風雲天際
回首往事　輕縷如煙

人走著走著，再不過清晰的回憶就油然而生，瞬間中已經丟失了自己。前些日子，因為即將搬遷北部前夕，提早再次踏尋高雄茄萣濕地公園與興達港魚市。雖然離黑面琵鷺南遷至此還算太早，但見遠處草叢中的一些也算是候鳥們躲躲藏藏。不過倒是如此機緣，巧遇一個台灣旅美加州的家族回台渡假，老中青三代同遊。我與年輕兒子夫妻等聊天的同時，目光也移往旁邊靜坐著的一位上了年紀的長輩，詢問後方知那位是他們父親。但是只見他們的父親一人，我的目光再次遍尋四周，只見幾位不知是與我一樣的身份，路人甲乙丙丁的阿姨輩們，仍未見母親，或許是已經離開人世了吧。這位老父親約莫有75歲了，早期或許在台灣是從事務農，因此老人斑已經隨著歲月，著實明顯地刻畫在那張不怎麼大的臉龐上，益顯蒼老。再仔細端詳，望著他坐在長木頭椅子上不發一語，癡呆的眼神若有所思，很是落寞，或許在他深沉的內心，真的不想隨兒子再返回美國，是多麼盼望獨自留在懷念的熟悉台灣故鄉終老（或許他的故鄉就在台南附近？），但卻

有不得不的無奈？親情是上輩子修遇的羈絆，還是無名的福氣遇見了緣份？想想自己何嘗不是集如此矛盾於一身而陷入糾結的泥沼呢？只是人依然身處在台灣小島，南北二端幾乎已經不是距離與時間隔閡的問題。但見魂縈夢牽之際卻拉開了忘不了的思鄉情懷，糾結成了那一場未央的高屏鄉土情深，久久難以割捨的愿悵，再相逢是否已百年身？

也許那個家族的年輕人是想回台發展也不一定，為了自己？應該不是單純是為了那位父親吧？人生在世，即使是走著走著，當內心深處無法自拔時，或許能暫時安心立命的做法是最佳的選擇。可能這個家族離開台灣遠赴美國加州發展的時間應該只有幾年光陰而已。從他們僅有一位不到一歲而且仍坐著嬰兒推車的情況看來，應該是讀完1～2年碩士，因所學技術特殊，上班公司協助取得了三年工作簽，因而才短暫停留美國加州。閒聊時，我提及自己兒子去年起在奧特岡州的intel半導體公司上班。話說他們僅返台三週，其中二週是疫情隔離日，約二日

是美國加州與台灣之間往返的航程，僅剩不到一個星期能做什麼旅遊與省親呢？或許這個家族是為了不久的將來返台工作做準備吧？當思鄉遇見了故鄉，是不捨還是眷念？

的確，相逢的故事總是寫在無意中，別離後將各自天涯行，你我終歸又是天地一沙鷗，或許會在某時某地再有意外的際遇，又將是短暫的偶然。

一邊目送這個家族的小轎車緩緩駛離，我順勢爬上濕地水塘的邊坡，捨不得離開地再仔細端詳著濕地公園的水塘，環顧四周，即使草叢中也不放過，同時將餘光也注視著已經駛離停車場的那個旅美家族，早已經不見蹤影，往何處去了呢？人鳥們的緣遇就在這麼不同時差中錯過。雖然常言夕陽無限好，但來日果真方長？只盼人常好。

我似乎只是不捨得這個濕地公園而已，並非一定要看到黑面琵鷺，畢竟這幾年是年年都會來此報到二次，多次看到較近距離的那幾隻黑面琵鷺，

應該都是熟悉的面孔。另外躲藏遠遠的還是一大群，或許上百隻，只是不知道為何牠們如此擔憂而遠離陸地？或許是水塘與草叢是它牠們天生的安全天地，當生命遇到了大地，總會選擇如何安身立命，延續物種是不得不的選擇，這是物競天擇的必然現象。

我也終於離開了這個熱門的賞鳥濕地公園的，騎往下一站也是最後一站，興達港魚市。這是一個可以走馬看花，想吃什麼有甚麼的南部出了名的魚市場，但比起東港的華僑市場、前鎮魚市、或更接近楠梓的蚵仔寮下午魚市規模，可說是小巫

見大巫。由於當天是週六，魚市場在中午稍之早前陸續擺下各式各樣攤位，雖然樣式並不多，但已經聚集了不少識途老馬的群眾，幾乎都是來打打牙祭滿足五臟廟，當成是飽足中餐。我又是買了一盒四隻水煮的完全鮮甜海味的小管，這是每次來到此魚市必吃的。縱使是狼吞虎嚥，當舌頭遇見了美味，記憶中的快意總是久久無法忘懷。

又是匆匆來去，日正當中，一路上微風吹拂著，無法忘懷的十月天，再相遇也許已經多年之後，還能緊繫著如此曾經天長地久的緣分？歲月的曾經是否該忘了那一場不經意的際遇吧？！

《遇》

一場追逐　萬縷思念
似水華年　如落青春
輕輕走過　如煙似夢
最是無怨　浮繪一生
他鄉知遇　夫復何求

倏忽似水年華

我的似水年華，悄然自25歲滑到了40歲出的青
壯年，宛如浮萍任水流。25歲前還在交大攻讀
電信研究所碩士時，暑期抽空放假返回潮州家
中的重要的一件事情，就是陪著在隔壁鄉的萬
巒鄉公所當獸醫師的父親，到幾個養豬場，殘
忍地閹割小公豬的睪丸，管它以毛布袋壓住的
豬仔們是如何地哀嚎，都只是瞬間而已，但對
我輩中人而言，這是男人們最殘酷的不幸。據
報導，男人如果遇到這種生不如死的不幸遭遇
下場，操刀的主角幾乎都是最親密的另一半，
都曾經山盟海誓。言歸正傳，這樣閹割過的豬
仔才能快快地長的肥胖，為的是能儘快賣到好

價錢，這是四十年前的台灣農村社會極為重要的主要收入。

當時的父親約莫50多歲，看似精力充沛，或許只是不得不的作勢？為的是撐起一家七口以及繼母留下的叔叔與姑姑，的確非常辛苦，早期台灣家家戶戶普遍的寫照。

爾今，歲月一轉眼間，為人子的我已經足足地上班了15年。光陰似乎已經悄悄地預言著，你與上一代的生離死別即將毫不留情地上演著。

那是40歲那一年的五一勞動節放假的前一天，請了一天假，已經有一陣子內心突然忐忑不安，放不下雙親的孤獨以及50歲多就罹患輕微巴金氏症的母親，10年後逐漸惡化到幾乎無法自理，不得不請了外傭協助照顧。父親則是年輕時抽煙以及早期台灣農業社會環境極為不佳，肺部在X光照射下已經惡化而呈現白色，健全部分所剩無幾，而且經常性氣喘已為日常。還好，照顧二老的一切，幾乎都落在潮

州當牙醫師的大弟與弟媳身上，辛苦與隔閡不便可見一斑！我們這幾位定居高雄的兒女，則是利用假日獨自或全家回去探望而已，平常日子幾乎宛如是不存在的兒女般。

當天早上七點，即獨自開車回到牙科弟弟買給他們住的簡單獨棟別墅。上了二老與外籍看護傭三人住的二樓，他們突然睡夢中驚醒，問到，我怎麼回來？我說回來是要帶父親到衛生署的屏東分院看診。我則坐在母親睡覺的床沿邊，如往昔，自然且熟練地，我扶起早已無法自行翻身起床的母親，父親則已經自行坐起，準備著裝出發。

車行再次一路往北而行，不同於南返回高雄的路線，是改沿著省道的屏鵝公路往屏東市區方向而行。父親原本就吱吱喳喳的個性，突然在路途中，我自然地稍稍轉頭從後視鏡端詳後座的父親，只見他茫然地望著窗外，一言不語，若有所思。突然感覺這種場景太過突兀，好像在他的內心已經完全了然而且如此淡定。

回憶起父親如我這般40多歲的年紀，已經騎著家家大小驚為擁有如同今日社會經常看到的勞斯萊斯汽車般的《光陽野狼》機車。以當時接近原民部落來義鄉下的第二故鄉，萬巒鄉佳佐村，幾乎是全鄉僅有的第一部，可見當時獸醫師的收入不亞於醫師。誠如前面所言，豬仔是當時幾乎全民圈養的時代，當然也是鄉下《何處無糞香》的最佳寫照。母豬只要生一胎共有10多隻小豬仔，就像中了一筆為數可觀的《愛國獎券》般，全家6個小孩的初中與小學的註冊費，完全不用再擔憂張羅了。可想而知，豬仔在當時農村社會裡的重要程度，幾乎如同兒女般的珍貴。每當父親要去看診動物時，一跨坐上機車，還沒啟動，鄰居大人小孩早已經聚集觀看，是多麼地拉風！我們幾位小孩也與有榮耀！總歸一句，當時的獸醫師地位不亞於西醫《先生》。

到醫院前，後座的父親突然簡單問起，小弟的手機壞了、我的博士學位後續怎麼辦？似乎一路上不言不語，就只是心繫這種當兒女並不怎麼在意的鳥事！我則簡單地回覆，手機的事我會處理，博士學位則看造化。心想，父親怎麼突然關心起這種事來

著？是否就好像不久前，突然地提起他的父母（我的祖父母，已經往生20多年）來看他，而且要帶他一起去別的地方！或許人生大數將盡時，真的就會如此恍惚？懷念半世紀之前仍為孩提時，即使是多麼拮据的六個兒女的大家庭，父母的愛卻是永生不渝的溫馨與記憶，是如此的無私難忘！

看診時就像例行公事般，病人好像只是與醫生有聊天約一般，簡單地對談後，處方用藥也開完了。出了醫院大門往停車處時，我仔細端詳父親，不只如他前次提到體重一直往下掉到50公斤以下，他那副室內外都一直帶著的灰色墨鏡下，在不僅不濟的體力下，更顯憔悴。瞬間，無名的情緒已在內心中突然崩堤，我們為人子女的似乎已經完全忘記了父母晚年僅剩不長的餘命歲月中，長期孤零零的生活是如此渴望為人子女的一丁點關懷，而這？小小的奢侈關愛，可能是他們所剩無幾的殘穢歲月裡最大的期盼；是否子女們已經如小鳥飛離窩巢後成立了自己的小家庭，即使二地相隔不遠，但終日的柴米油鹽已經完全淹沒了父母內心深處無言的沈忍。而這種殘酷的戲碼卻即將落幕，諷刺的是子女們甚至仍

然短暫地在台下當著路過的觀眾而已。父母與子女的一輩子情愫已漸漸如同二條平行線，直到父母往生的那一刻才又瞬間短暫地交會。是否在那悲傷的當下，有著《子欲養而親不在》的悔恨？還是如同船過水無痕般地迅速消逝？留下的僅剩每年某個節日的祭拜，才又思念然心頭？

回到潮州，短暫地與父母及外籍看護一起午餐。餐後詢問父親，喉嚨擴張噴霧劑是否還有？他說沒有了。我在他們飯後清理時，趕緊於中午休息前再去一趟萬巒衛生所去拿取氣管擴張用噴霧劑。回到潮州時，父母已經準備午休，雙雙皆已臥床。那一張在漫漫長夜裡，是最舒適的溫暖，如同年輕時，成群子女窩在一起時的溫馨。我將氣管擴張噴霧劑放置父親床頭後，再次向父親確認是否還有什麼未處理，父親答覆沒有了。我就與父母道別，趁著中午返回高雄。雖然終於完成今日簡單的真正為人之子，或許對其他人而言，真的會以多麼孝順來形容。但這的確是隔了好一陣子才抽空做的事，怎敢以孝子自居？幾乎大部分趕赴屏東市的看診路途，都是牙科弟媳們委託熟識的外叫計程車代勞，應該是自覺愧疚才是！

返回高雄途中，車行如同現在的所謂《自駕車》，一路行駛自如，但是我的腦袋卻呈現一片空白的恍惚。60多歲的父母，風燭殘年，是否成長後的結婚生子，就是親情平行線的藩籬？抑或如同親情拋物線一般，出生到高中是親情緊密的最高峰，隨後上了大學後，親子關係的確逐漸下墜而疏離？週而復始，自己與下一代的親情拋物線也即將如此演繹著？

的確，倏忽青春，似水年華。想起日本大文豪春上村樹，曾如此敘述著人生，＜所謂人生，無非是一個不斷喪失的過程。很寶貴的東西，會一個接一個，像梳子豁了齒一樣，從你手中滑落。取而代之落入你手中的，全是些不值一提的偽劣品。體能，希望，美夢和理想，信念和意義，或你所愛的人，一樣接著一樣，一人接著一人，從你身旁悄然消逝＞。是的，青春與其說自你的手中滑落，倒不如認了它的自由；而親情卻是無法任其自由地？翔，它將無數次地周而復的始出現在你一生當中，宛如海浪拍打著沙岸時，你驚奇地雙手捧起砂礫，它又隨即一溜煙似地鑽回大海，如此周而復始，再撈起的已經是新的拍岸驚奇，原本緊握在手中的沙粒早已消失不見，歲月的大海只是做了

它不得不的例行公事！潮浪退去後，忽遠又近的浪濤聲，一直激盪著你這一生，直到你再也無力走近大海的那一刻為止。

隔天的五一勞動節放假，我依據原定的行程，很早即自高雄搭乘早班往台東方向的台鐵，心情上一如既往，不再有年少輕狂的喜悅，好像這是上輩子已經約定的行事曆，我只是照單行事而已。難道世間他人也是有這種灰色的悲觀主主義，還是我的年輕歲月只因為某件事的期待落空，從此灰濛陰暗而不復見晴空？美麗的山海寶島，火車循著它的幸福一路南下，沿著山脈邊緣行駛著，遠眺沿岸以砂礫為主要成分的臺灣海峽，有著黃臉婆的氣質，黃藍分明交織著，應該是大海的宿命。其實大海呈現這種近看似黃色而遠眺則呈現湛藍的特殊景象，是沿岸流與黑潮支流相互區隔開來的自然界物理現象，尤其在東岸特別明顯。花蓮七星潭的定置漁網施放地點，幾乎就是分布在沿岸流與黑潮主流交界處，肉眼即可完全分辨出來，是亙古不變的物理現象。正如同你這身皮囊的氣質修養，天生註定裝扮著你今生來世，任憑此生如何地盡心修福造業，父母與子

女的緣分就在歲月的藩籬下，終究會在某一時刻，殊途陌路！

隨後火車經過枋山鄉地區並且緩緩地進入山洞，忽暗乍晴，思緒也隨之起伏，是山羈絆了人們，還是人們禁錮了自我？終於聽到廣播聲響，下一站台東金崙鄉到了。坐了二個多小時，沈甸甸的站起是有點遲鈍，將輕巧的背包往後一甩，趕快沿著走道快步尋著車門離開，終於踏上了台鐵金崙車站月台，久久矗立，目送著列車緩緩離去，深深感謝它始終如一給我帶來幸福，卻是頭也不回，來不及招手道別，只聽長長鳴聲，宛如輕輕的向我訴說著，祝你一路好運，來日再相會。

上午九點多的台東豔陽宛如西部的中午烈日，幾乎快看不到自己的身影，但確定的是，這個月台只屬於我這位旅客獨享。即使已經不再年少輕狂，但內心深處仍吶喊著，這一站《幸福》。所謂幸福，是內心中悠然自得呢？還是需要巧取強奪後方能滿足？每個人心中都有自己的幸福方程式，有的只是一個變數的線性方程式，簡單搞定這個變數，幸福

就如湧泉般源源不絕，街友們應該就是這種典型的快樂方程式。只要有個以天地為家的一隅臥窩，餓了有人提供任何溫飽的食物，如此他的一天就能無牽無掛。有的人則是自我設定了所謂的滿足方程式，其中的變數何其多，看來完全是在自尋苦惱，以賺天下財方能滿足。這是一個庸人自擾且違反了普世價值的多變數複雜幸福曲線，難怪窮極終生的追求，從未滿足過，因為這個方程式不會有確定的答案。此刻的我，變數也是常數，僅僅溫泉是也，就這麼如此單純的小小的確幸，但是這樣已經是不再年輕的我的大大幸福了！如此的單純！

離開了金崙站出口，往接近山邊的野外溫泉方向走去，的確是有一段距離，約莫已經超過3公里之遙，走路超過半個小時，是耐力的考驗，也是追求幸福的小小代價。徒步往與市區反方向的山區行走，居然半途中有位騎著一部已經有一段年代的老舊型重機的當地農夫，突然在我身旁停了下來，問我是否要到溫泉區？我回覆是。他立即說，要順道載我一程，我說謝謝，應該快到了？他說還有一段距離，要我快上後座，盛情難拒下，我毫不猶豫地左手放

在他的左肩支撐住，右腳跨上後座。他再次詢問坐好了沒？我說好了，謝謝。果真，搭上了順風車，很快就到達了已經來過幾次的露天溫泉游泳池。猶記得更早之前，曾經與老婆上班銀行的同事共二戶家庭，自高雄開車來過住宿，但用餐時間有廚房提供簡單自理。這個溫泉勝地幾乎是遠近遐邇，位處於野溪上方，幾乎已經接近山邊，風景秀麗，難怪放假日，住宿房間幾乎一位難求，何況還是簡陋的很。正因為上次全家來過，就因此愛上了它，是山

中美人，精神上從此有了外遇，牽縈百掛，幸福因為它而戀戀不捨。

這次除了如往例，在大溫泉泳池游泳並兼泡湯外，另外，花了數十元一探旁邊的好幾間個人用泡湯屋裡頭是甚麼模樣。進去後終於了然，不是有何特別，只是簡易單的以水杓裝著溫泉水淋身而已。因此，當日就在游泳池與泡湯屋間反覆地交替挪動著身軀，就讓時間消磨到中午，還是捨不得停止。如果這樣的享受不是個小小的確幸，那麼何處再尋大大的幸福呢？需有多深的愛戀，時光將無限的延伸，直到你已經厭倦，不再掏心掏肺。而親情這檔事，即使你不經意地暫時忘記，它總會像春夏秋冬，陰雨日晴，已經成為你的日常。

泡湯之後的全身沖洗是必需的，畢竟溫泉游泳池再怎麼寬大，樹葉與灰塵一定是佈滿整個湯池，尤其是抽取野溪溫泉水，水質更無法掌握。沖洗後並換裝完畢後，已經超過中午許久，肚子咕嚕地響起，催促著祭五臟廟的時候到了。正準備簡單享用在高

雄早已備好的午餐，手機鈴聲響起。翻起背包找出手機接聽，電話一頭正是大嫂的聲音，似乎非常急促。問起，你人在那兒？我回覆說，我人正在台東縣金崙鄉。她隨即直接地告訴我，父親今日與多年朋友舊事們一起聚餐時，因吃滷豬腳而不慎噎到喉嚨，已經超過一段時間無法呼吸，朋友們不知如何急救。等到通知附近當牙醫師的大弟，大弟再請附近的醫師朋友急救後，雖然已經恢復心跳，但仍然呈現昏迷狀態，或者說彌留腦死狀態。大嫂再問我的意見，是否還要繼續後送高雄急救？如此短暫的時間內，毫無讓你能理智地留下一丁點時間能想清楚再做決定，我當然也跟著其他兄弟姊妹一致地說好。就這麼一句好，之後約九個月的父親已經完完全全成為植物人了，也就是如此短暫的九個月，曾經只是僅僅相距不遠的隔閡，突然變得如此緊密。住高雄的幾位子女們，一日之間數次往返忙於探望，當下儼然孝順至極，深怕就這麼一眨眼就是天人永隔，想必醫院醫療人員應該也是因此感動至極吧？此刻，天上人間，我的祖父母是否於冥冥中長相左右，只是我們子女們全然未知？

父親尚未病倒之前，因大兒子位居高位，父親因此得高望眾之最，想當然而被選為宗祠改建的主任委員。只是有此一說，如果某個人的八字不夠強韌，擔任如此重任，或許可能稍有不慎而失敬於祖先之靈，進而折損今生的陽壽，不得而知！當然，在父親的努力奔走協調與監工下，祖先宗祠幾乎接近完工階段，其功厥偉。但話說回來，每個人何時離開人世間的婆娑世界輪迴回到極樂世界，於出生時就早已經註定，只是時間與方式或許端視今生業障而稍有不同，偶然只是必然，但願竭盡所能遺愛人間。

即使子女們在這九個月中是有多麼不捨，今生的緣分終於畫下了句點。諾大場面的哀戚告別式，子女以及孫子輩各個齊聚一堂，數以千計的貴賓共伴哀戚，宛如參加一場盛會般。靈堂前擺放的鮮花，襯托著中年子女們的黑色素裝，當我轉頭張望四方，深深覺得，此時此刻，父親在天之靈是否亦引以為傲？仔細聆聽重要貴賓一一上台致詞，是無止盡的哀戚之傷？還是終於又有個「舞台」盡情發揮？我

在那傷心的當時，恍惚全然不記得是誰走上告別式特別安排的講台，說了什麼樣的制式的哀戚之詞？但始終記得一位法師在台上無私的開釋，告別式之後，經常是家族爭奪財產的紛爭開始！其言用心，似乎是有意告誡著兄弟姊妹，治喪之後必須謹慎圓融且和諧地處理之。心想，從小就連小康家庭也完全稱不上，除了輾轉搬家到潮州這間大馬路邊的透天房屋，家父一生奉養者眾，若無債留子孫已經是不幸中之大幸矣！

公祭盛會結束後，貴賓隨即陸陸續續離去，剩下來的就是兒女子孫以及幾位協助遷移棺木去火化並將骨灰甕安厝於佛光山靈骨塔事宜，並且於靈骨塔三樓立了個牌位，與其他往生者整整齊齊地排列著。當我稍微左右上下看了旁邊幾個牌位，赫然發現一代諧星淘大偉先生的牌位就在附近。儘管人們在世是平凡抑或華麗一生，往生後都是如此的平等與孤寂。所謂，似水年華，倏忽！

你總是等著　我依然來到

這季節的容顏路過你的青春

風霜了我的歲月

踩踏著碎石　再訴往事

水渠如靜　華年已秋瑟

吹起了童稚之哨　聽見否

別問安恙否

再執起　浸潤的筆觸

愛未消逝　如影

思念的母親

　　冬天清晨四點感覺格外寒冷，特別喜歡窩在雙層鐵床的下方，全身矇住在厚重的棉被中，如此昏暗的晨間靜瑟，偶爾依稀聽到公雞的啼叫以及狗吠聲，忽遠忽近，似乎不只是一隻的叫聲，或許是配合著騎著舊式鐵馬送溫熱牛羊乳的婦人，鐵馬生鏽的機械摩擦聲特別響亮，驚動了公雞與栓住鐵鍊的惡犬，這是就是鄉鎮普遍的場景。曾經，我小學四年級時，家中也養了幾隻乳羊，當獸醫師的家父也是清晨四點多即起床擠羊奶，羊咩咩似乎不甘願的叫聲劃破了寂靜的大地，宛如今日之計在於晨，擠奶、煮奶、裝瓶、配送，之後晨曦乍醒，用完早餐

後，整理書包與儀容，準備
上學去。

門前旁的路燈仍然昏沉不捨
的孤獨亮著，逐光的白蟻以
及各類的蚊蟲依然群飛亂
舞，一夜一生，似乎奮力盲
從地追逐著歲月的光輝。當
路燈因晨曦甦醒而熄，有些
已經陳屍滿地，結束短暫的
蟲蟲今生，生命的意義何
在？只是苟且偷生罷了？悲
歡盡是如此輕如鴻毛！

一樓廚房的煎魚煙味直衝三
樓，似乎預告著母親已經準
備好今日早餐與中午在校用
的便當。清洗鍋子的悾悾聲
也告訴自己該起床清洗並用
早餐的時候，否則六點左右

騎車到火車站可能來不及，事情就嚴重了，畢竟約六點的車次到高雄火車站聽命教官排隊自高雄中學側門魚貫進入學校，點名升旗若缺席就記點了。此後，教官就大眼瞪小眼的好像總是看著你似的，畢竟那是民國60年代，高雄市第一男生名校的教師與教官最偉大了！

送走了自潮州一日來回遠飄到高雄就讀的高中兒子，仍有二位就近就讀國中與國小的大弟與小弟，以及就讀省立潮州中學的大姊的早中餐需要處理，就這樣宛如油麻菜籽般的晨間，就在2～3個鐘頭的忙碌中度過，是毅力還是愛心使然，幾年後，歲月就如此悄悄的滑過45歲，何謂青春年華？是濃妝胭脂？抑或淡粧輕抹？應該是愛心深藏！但悄悄的遺傳性憂鬱症卻蟄伏蓄勢待發，誰又知曉潛伏的巴金式症已經在腦部逐漸顯現？當時何知手部偶爾不自主的輕微抖動，會主動去看醫師？何況忙碌於六個兒女的與獸醫老公的日常，怎會去注意這是甚麼病症，甚至還以為是整天忙於家庭勞累所致？這棟地坪約30坪的2樓3連棟新建透天屋，住上夫妻二人與

六位兒女算是擁擠，但居住面積算是不小，只是8口人家，每天清掃也是很累人。何況母親自從昔日的身兼三職，農婦、家庭主婦以及獸醫師娘，也是挺忙的。青春是甚麼模樣，似乎與母親完全不相關。印象中，母親從未旅遊過，即使自一個城市移動到另一個城市，完全與兒女有關，美好的時光就在忙碌於兒女間樂得自我滿足。相對於現今夫婦，能育有二位兒女，已經是異數，更何況阿公阿嬤還一起分擔照顧！生育六位兒女看似大家庭，但在民國40～60年代，戰後嬰兒潮正盛，那個家庭沒有超過四位兒女？沒有的才是異數！

所謂有土斯有財，有土需有工。母親從身兼三職到失去最為生財的地主農婦，至今回想，在那時可用所謂「家變」來形容也不為過！當你年輕時，突然失去諾大農地與圍有高高圍牆的大宅院，可想而知那是多麼大的衝擊，尤其憂鬱與悲傷一直埋藏於心中，至今回想，一位從未離開那小小的村落，父親是鄉公所的唯一獸醫師，在當時養豬盛行的個體戶，母豬生下一胎十多隻乳豬，應該說是發了大

財，可見獸醫師比起現今的人體醫師的收入多出好幾倍，尤其家中有了村落中第一部野狼機車與第一部黑白電視，每當史艷文布袋戲開演前，家中早已經圍坐一群孩童，宛如像是到戲院觀看電影院般的熱鬧。可想而知，在那個民國50年代中後期，我們的確是當時附近的大富大貴人家。豈知人生果真如戲，家道中落就在悄然中默默地開始上演著另一齣真實人生戲演。在當時小小的心靈中，只知童玩童趣，哪知大人之事？只感覺家中的氛圍有些微妙，尤其母親似乎自田園工作回來，看到家中的孩兒，笑容已經不如往昔的自然。不到四十歲的青春，窈窕淑女的形容詞似乎早就已經完全陌生！六位子女算來眾多，但在農業社會裡，即便收入不豐，粗茶淡飯皆能將子女養成茁壯，只差父母是否有足夠財力與明智明理，皆能讓兒

女接受好的教育，未來高人一等。所幸家中四位兄弟陸陸續續都能考上當時高屏地區的第一志願男生學府，二姊也考上了第一志願女生學府，而大姊則選擇就讀附近鄉鎮的高中第一男女混合高中。這種狀況已經說是高屏地區的不平凡的家庭，父母親應該與有榮焉。

那是家中農地變賣掉的夜晚，父親與六位皆不到小學三年級的兒女放學會到家，等了許久，以為母親可能農事太多而耽誤回家？但等了許久，大家先煮一鍋飯，配上豬油與醬油先暫時果腹。只是大夥們用完晚餐許久，母親還是仍未返家。父親大概知道是發生何事，召集六位兒女往農地處尋人。在我小小的心靈裡，哪知母親可能因父親突然賣掉農地而傷心不已，哭坐檸檬園深處而極為不捨，索性不想離開經營多年的大田園（檸檬園、香蕉園、土豆園、雜種園）。雖然最後找到了一個人就這麼孤零零

的坐在那兒就是不離開。最後還是熬不過我們親
情的呼喚，一起離開這塊我們也不捨的童趣田
園，畢竟我的小學野地童嬉戲幾乎是終年與這一
大片的農地為伍的，如釣青蛙、碰土窯、灌蟋蟀
等等各式玩法。即使沒有了田地，其他如河流游
泳、釣魚、河上竹竿撐竹筏、河畔釣青蛙、地

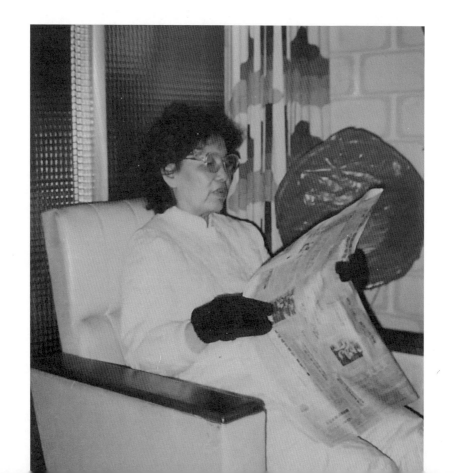

歲月長河

上玩彈珠、跳格子等等，早就將父親突然變賣掉的田地一事忘卻一空，與其說這是大人們的事，不是我們小小心靈能體會的。然而時間的魔法棒最適合兒童，總會幫忙尋找到一座心靈的歸宿，宛如？霍爾的移動城堡？般。雖然變賣田地所獲得的資金，一部分於潮州國中附近大馬路邊，有二間獨棟樓房中間空地約30坪買下，自己找建築師規劃，蓋成二樓三。也就是以最低的成本，蓋出最大的空間以容納全家8人的住居。而且最後面依照規定留下空間，似乎有防火巷概念，但我們以圍牆與鄰居隔開，而且自己搭了棚子種植爬藤類的菜瓜等，貼補家用。剩下的資金當然提供祖父續絃後的另一個家庭，全部由父親奉養，可見父親一人在鄉公所的微薄薪水是無法維持二邊共十多人之大家庭日常之需。因此兼職看診個體戶的豬仔的收入變成日常最大的資金來源。母親還是在家兼職調配豬仔經常腹瀉的藥包，當時是三包五十元，的確是蠻高的經常性收入。而且也兼職

幫家庭個體戶豢養的雞鴨鵝打預防針，即使走路數公里也不累，一切都為了六個兒女兒不辭辛苦。累積下來的私房錢，也都是用在兒女的教育方面，而父親的收入幾乎是奉養佳冬祖父的另一個家累。完全搬入潮州新家後，在更鄉下的萬巒鄉佳佐村的大宅院也變賣了。雖是更鄉下，但是個四周都是石頭砌成圍牆，前方圍牆爬出去就是大馬路，左方圍牆旁是一個巷弄，入口是個有點造型的入口，一進入是一個大鐵籠，裡面住著一隻看家的大狼狗，後方圍牆外則是別人家的垃圾場，以及我們自己養豬的豬舍與糞坑，以及養雞鴨鵝的小隔間，與其說這是大戶人家標準大宅院，倒不如說是座城堡。賣了雖是可惜，畢竟那是出生到小學畢業的生活圈，但較都市的新居總得大夥兒住一起才像個家。所謂水往低處流，人往高處爬，也許父母的用意就是往比較繁榮的城鎮居住，較容易獲得較好的教育。的確如此，四個兄弟好不容易都考上高雄中學，二姊也考上高雄女中，大姊則想就近讀潮州高中，就近幫忙家務。只是母親原先的客戶仍在離潮州好幾公里的

舊居，經常為了賺一些零頭家用，因為母親連腳踏車也不會騎，只能靠雙腳，四十幾歲的親春就這樣犧牲耗盡在漫長的路程中，恍然在不知不覺中，所謂的親春就是那段外祖父呵護有加的25－年代的大家閨秀，就這麼地短暫的天真無暇的蒲公英，自由而身不由己。當長輩決定了妳的婚姻，妳的25＋～50＋這一生就有可能在如此瞬間，往後終生將成為油麻菜仔，這是閩南人用來比喻已婚女人的命運，就是如此地隨著婚姻的運氣好壞，落在哪裡長到哪裡，是卑微的結局。母親婚姻的命運，就是油麻菜籽的結局樣板，我似乎想不出她的一生婚姻有多少時刻是她自以為傲的？從未婚時的蒲公英轉換成油麻菜籽就是如此地霎那，霎那到如此的瞬間中徹徹底底地忘記了她曾經是如蒲公英的自由快樂！

50＋基本上是如何規劃往後約約有30年的歲月餘生。居然就在50＋開始，似乎仍以忙碌於協助已經大學畢業，且在高雄縣市為人師表的大姊、二姊以及大哥，以及仍在高雄醫學院牙醫系就讀的成人兒

女，忙著下班返家後晚餐準備，而且是下午自屏東潮州搭火車往返高雄車站附近的幾年20多坪的小公寓。於二地火車往返超過二小時車程，還未計入走路的時間，可見最是慈母心。25＋以大家名門閨秀嫁入家境完全相反的落魄羅家，從此忙碌到50－，似乎婚姻的確是愛情的墳墓，只是真的還有段當今所謂的愛情嗎？還是相親時的二眼偷瞄的瞬間就已經註定了一生的情緣，是甘或苦，油麻菜籽終必如影隨形。

巴金森氏症

年輕的母親，50＋後不知不覺中不慎罹患巴金森氏症，來的也太過突然，的確令母親與兒女們不知所措。

巴金森氏症於19世紀，由英國一位名叫詹姆斯・巴金森（James Parkinson）的醫師，首先發現於老人身上初期的一種伴隨著四肢發抖、無力、身幹駝背、以及動作緩慢的疾病，因此就將該病命名為巴金森氏症。依據文獻，此病不只手抖動作慢，另外在非

動作障礙亦呈現睡眠、自律神經、認知以及知覺障礙。此種病症的主要病理變化是大腦內黑質部分的多巴胺神經元的退化所造成。多巴胺神經細胞負責分泌一種名為多巴胺的神經化學傳導物質，以使得我們得以完成精細的動作。

自從母親要穿針線縫補衣服開始，線頭似乎已經格格不入，是老花眼抑或手部微顫抖造成，還是二者皆有。

心中總以為年輕時從未近視，到了50＋老花眼提早到來。我居然就只認為是自然的老花眼所造成，畢竟那個年代，當歲月年齡進入50歲，好像已經很老了，甚至穿起村婦而不是村姑的穿搭開始，母親是否已釋然僅剩的悲哀魔幻餘命，將與病魔搏鬥至何時？殘碎的餘生中，母親的內心裡到底有多少折磨，卻仍面對子女時強作歡顏？

55＋是從手指顫抖變化最為明顯的年齡分水嶺。50＋後有八個月短暫期間，我仍在北部單上班，平

日由仍在高醫就讀的大弟以及未來即將成為大嫂的二人依個人空檔，輪流帶去當時的公保大樓看診或嘗試民俗療法。如果我週六下午搭返鄉專車返回高雄，就由我帶去公保大樓（聊天式看診），當時醫師也只能開固定的藥物。母親只要看到醫生，總會笑著發點牢騷，說著身體某部分狀況似乎變差。病症還未牢騷說完，醫生已經開完固定的治療藥物，還真的是病患與醫師二造笑著聊天的治療方式，醫師似乎也只能以微笑相待，否則母親一人就會站耗掉後面病人的看診時間。做兒子的，反而督促並拉起母親，一起到公保大廳等著拿幾乎一模一樣的治療藥，好像二周的份量，當時是否有慢性處方籤已經不復記憶，但以母親似乎天天在等與醫師見面，說起病況似乎不見好轉，即使醫師只是重複一樣的談笑風生治療方式，或許這就是神經內科醫師不得不的作法，否則永遠會有不夠的看診時間，必竟公保大樓的醫師幾乎都是兼診的，看診的方式與原專職醫院的醫師的確有些不同。

看完診後，當時母親仍能完全自行走動，無需倚賴助行器，我回家的途中，一如往常，載她到母校雄中靠近圍牆邊的運動場跑道邊做起不知誰教她的所謂名俗療法－外丹功。就是膝蓋稍彎曲，雙手伸直做上下小擺動，完全樂在其中，而且一副村婦的永久式打扮，我有時覺得有點驚訝，畢竟在我有記憶中，母親好像都是這般打扮，好像自大家閨秀與父親結婚後，即刻轉換成村姑，四十歲又轉換成村婦，親春歲月該有的裝扮似乎僅剩以白粉擦抹臉旁。無情的歲月，青春該有的模樣就如此簡單，簡單到一身永遠都是花紋上衣以及極像是半長睡褲，完全沒印象有穿過裙子，最多也是半短褲，但都是長過膝蓋。所謂的青春就是美，套在母親身上永遠像是個絕緣體，但她的內心何嘗不曾有過親春情懷？縱使我已經在新竹交通大學求學放假返高，我的臉龐早已經長滿象徵著年輕的青春痘以及偶爾與認識住在自立橋下附近的高雄女中學生坐在橋下迴轉道的水泥灣道座聊天，內心怦然心動總要硬撐著煞住，這就是我的親春歲月，即使現今回想，早已經模糊到那個女孩是甚麼模樣？但知當時的我是

極為羞澀，拘謹到不知她的美麗臉龐，印象中她是穿著裙子，偶爾偷瞄，手指與沒被裙子遮住的小腿很迷人似的，這就是她與我的親春年華，完全無需被世俗框住，雖然當時的我很確定，那不是戀愛，或許只是少年維特的煩惱而已。更不如日本名作家村上春樹回憶大學時期的著作：挪威的森林的淡淡的清純愛戀，但不是書中意指的激烈且寂寞的男歡女愛！母親呢，就是外公是校長的千金小姐，她的戀愛應該是結婚後短暫的怦然心動！閨秀瞬間轉變成為村婦，何謂戀愛？相親時瞬間的偷瞄一眼就已經註定青春一溜煙早已經不見蹤影！可悲的宿命，幸好六位子女中總有幾位讓她依靠，依靠著50＋後，巴金森氏症隨行的30年歲月與病魔越戰越挫的無奈。

當母親沉溺且似乎堅信外丹功民俗療法或許會在不知不覺中出現奇蹟？我則繞著那400米跑道走著走著，曾經的軍教打靶場地、體育課以及其他等等，宛如時間突然靜止，安靜到突然摔上一跤，重摔地板的衝擊聲宛若微風輕佛般地無聲無息。高一時期

自屏東潮州搭第一班平快火車，車廂內每隔一段距離，上方就懸掛著旋轉式電扇、可往上拉的車窗，燒煤的臭味隨著微風撲面而來，就是如此的日常。母親則於大地宛如還在沉睡的晨間起床為我準備早餐以及要帶去學校的蒸便單白金鐵盒，一切都如此自然平順。殊不知歲月的魔法硬是悄悄的伴隨著，很自然地的神出鬼沒般如影隨形，出現時已經來不及閃躲，一生中的微微確幸，正如同飛蟻般的短暫出現又隨即消失，春夢瞬間了無痕！有言道，歲月是一把殺豬的刀，靜靜地殺的你身手異處，你仍然毫無知覺。

時光流逝如長河，萬物就是如此地按步就班，這間小公寓變成我們夫妻新婚的暫居之窩。一對兒女陸續出生，不知他們的幼年時期是否知曉，這間公寓是他們的第一「故鄉」？故鄉因歲月輪轉，已經不復記憶？疏不知那也是父親與阿嬤的第N個故鄉。

母親隨著大弟在高雄實習完後，搬回屏東潮州老家開業短暫地同居，父母也隨著再度完全再回到

熟悉的故鄉，想必心情應該非常快活，看診巴金
森氏症改至屏東市的基督教醫院，而父親長期因
肺部不佳引起的氣喘舊疾則是在當時的屏東署立
醫院看診，都是由父親開車載母親前往，畢竟大
弟的新開業牙科診所，業績日日蒸上，無法處理
父母看診的事，還好當時的母親仍能自行緩慢行

走，尚未令父親有所困擾。所謂少年夫妻老來伴，的確是人生最珍貴的一件事。身軀逐漸僵硬的日子很快降臨，幸好當時經過醫師巴氏量表的鑑定通過後，方得申請外傭的協助，父親方得以有一些空檔時間與舊時且已經退休的同事偶爾聚聚，填空排解退休後多到無聊的時光。

說到父親的退休是59歲，算是鄉公所基層的獸醫師公務人員，是一次領的退休金，約100多萬而已。為何不是月領而是一次領，當時的我剛投入職場，對於退休金尚無任何概念，更不知父親為何要做一次領的原因？僅知道我雖在公務單位服務，退休時有一筆退休金可領，但不像我服務的單位內另有軍職與公職身份者，是月領制。似乎一國三制，正如不同酬但類同工，基本上完全無私人企業的最基本精神。但就這麼妙，此種單位仍一直在政府單位存在著，而且號稱所謂尖端研究單位，可謂天下一大驚奇！父親一次退休金很快地莫名其妙的沒幾年即消失不見（應該說不知用到何處去了，只知道短暫地請我在銀行上班的老婆保管一陣子後就取回），或

許他認為還有六位子女當靠山，沒甚麼好擔憂的。只要以後多多向有醫生背景的二位兒女伸手，沒甚麼好擔憂的，畢竟母親的巴金氏症也是索錢的最好理由。說也奇怪，所謂親情的金錢索求卻逐漸轉變成情緒勒索，這也是萬萬預想未到的最終場景，又能奈何！然而親情終歸親情，是一輩子的牽掛。每個月全家固定或自己不固定的回潮州陪伴二老，看見孤單且皆有病痛在身的父母與外傭相依為命，總是悲從中來。離去時，父母與子女間的《目送》，好像隨時將成永別似的，不捨在各自內心中糾結著，親情的桎梏永遠是無法解開的。

60＋後的母親，幾乎已經與輪椅相依為命。每當假日回潮州，大弟休診，即一同與父親一起推著坐著輪椅的母親到附近的潮州公園逛逛，或許外人看在眼裡，幾乎是人人羨慕的溫馨一面，但母親內心是如何想著，但僅僅60歲的父親，母親的摯愛，自25＋到65＋的40年婚姻情，不久的將來是如何劃下無奈的休止符？父親與子女經常開著玩笑，或許母親比照顧她的父親更長壽，竟沒想到一語成讖！父親

往生前，九個月是植物人，夫妻相隔高雄與屏東二地，居然到父親往生前夫妻未再見過一次面，人間就這樣著實的面對如此的悲戚與無奈！

父親往生後，大姊建議接母親與外傭到他們華夏舊居好就近照顧，而且未婚的么弟也可同居，大姊則每日多次來回探望，較像個有子女陪伴的家庭，外傭更是喜歡這樣的都市生活，應該皆大歡喜。的確，母親僅剩的的兒女親情就十年後往生前得到最大慰藉。

光陰似箭，歲月如梭。寶貴的餘生日子，母親就在昏昏恍恍的時光斷片中坐著輪椅渡過。

光陰隨著年齡增長不斷的壓縮著，終成一段不堪的餘命，與所謂餘生寶貴完全背道而馳。

深邃隙縫中的歲月，皺褶的如此不堪而只能洞見微光，宛如悲歡一生如蟲蟲飛蟻般，昨今似非來去，恰似時光隧道般地瞬間就已經來不及告別今生！

當記憶已成回憶

有多少的回憶還能記憶著？是否在你的腦海深處，偶爾也會突然閃爍著若隱若現的回憶，是永恆記憶的圖騰？抑或回憶是一條未知哀喜的長廊？當記憶與回憶偶然地交會著，能否深刻著你的內心深處，久久激盪不已？

前方的交通燈號已經亮起了紅色，我也即刻踩著煞車，但習慣上依舊將排檔打停在N檔，右腳則踩著煞車板。我轉頭微笑看著坐在副駕駛座的母親，她面帶著微笑，似乎看不出結？約半個世紀且剛剛往生的老伴帶給她多久暗地裡哭泣？還是……30～40年來因為罹患巴金氏

症，不僅已經不存在著短暫的記憶，更久遠回憶亦早已不復刻？還是強作歡顏以掩飾內心的不捨？應該是即將遷居大女兒的電梯華廈，與外傭看護及未婚的么兒同住，而且大兒子與二兒子也是住高雄附近。終於又回到20年前曾經短暫住高雄自宅公寓時的美好時光而雀喜？

當車行進入高雄市區，我仍以逗笑的話語試探母親的心情時，只見母親帶著微笑並且緊急跟我說，車子還在移動！的確，因道路不平整，我剛好右腳離開煞車板，排檔又剛好依習慣打到中立N檔，車子自然順勢滑動。只是我非常驚訝，母親罹患巴金氏症已經長達約20年，幾乎進入較嚴重的病程，四肢逐漸呈現僵硬且必需有人扶持，何況年歲已經高達70，居然笑著告訴我，車子在移動，不僅我還沒感覺到，後座的年輕外傭更無察覺，或許她也正雀喜著從鳥不生蛋的屏東潮州偏隅之地，移居繁華的都市，還正沉醉於道路二旁的高樓大廈，以及道路的車水馬龍，坐在寬敞的後座，早已經完全不在意車子的動態了。

孝順的大姐早已經另買在高雄更為熱鬧繁華的美麗華夏，母親要住的家是大姐夫於營建署住都局員工承購的華夏，也是有十年以上的歷史了，是一棟非常適合居住的環境，為二樓房而且又有一部電梯，對於行動不便的母親是最好不過的，畢竟幾乎終日與殘障推車為伍，簡直像是上天特別恩賜般，外傭不必再為上下樓梯扶持母親而困擾，似乎我很是感謝大姐的安排。

時光倒回20年前，父母似乎有著先見之明，已經提早在高雄後火車站附近買了五層樓無電梯的普通公寓，主要是為了二姐與大哥初為國中人師以及尚在附近高雄醫學院牙醫系就讀的二弟而投資購買的。當時的我則遠在新竹就讀於國立交通大學，返回高雄的較長日子都是在寒暑假期間。平日則由母親搭火車往返屏東潮州與高雄之間，為三位已經成年的兒女煮好晚餐後才回屏東潮州與老公共聚晚餐。屏東與高雄之間搭火車往返也需二個小時，雖然只是短短一年多，辛苦不在話下，這也是天下父母辛苦無私奉獻的偉大。

光陰似箭，幾年後父親也約於在接近60歲時退休，
母親與父親就有較長的時間留在高雄，固定與三位
子女長住，看似像一個較完整的家庭般。雖然如
此，母親的身體已經逐漸呈現較為明顯的巴金氏症
病徵，雙手經常抖動不已，但也不知得自哪裡的資
訊，每天勤於練習《外丹功》來復健。或許那只是
自我安慰藉的心理轉移，打從心底就清楚知道那是
一種不可逆的疾病，在30年前當時只能靠著藥物治
療減緩症狀，但效果非常有限。這也意謂著母親將

慢慢地成為一個類似《漸凍人》模樣，生活上的一切將無法單獨自理，完全需要他人的扶持與協助。

之後不到二年，二姐因無法自高雄調至台北與自國防醫學院醫學系畢業的萬巒國中同班同學的初戀情人一起共結婚姻，索性自高雄的國中老師離職，結婚後並定居於台北，專心當一位稱職的家庭主婦。至於大哥隨後也與當時任高雄市議員的千金結婚後也搬遷到新居，父親或許較適應於老家潮州的鄉下生活，畢竟他的退休老友也都是居住在相鄰潮州的萬巒豬腳的故鄉，那是最適合父親養老再熟悉不過的環境。母親則留在高雄與正就讀高醫的第三兒子同住一段時間，期間我也自新竹交通大學研究所畢業，且於桃園某研究單位服務六年期的國防役。日子就如此持續一段美好的日時光。我則在這段期間，週六中午開始放後也經常自桃園搭固定的研究單位某部門南部同事自辦的返鄉遊覽車回到高雄，時間已經是下午2點半了。返回高雄的公寓宅後，不是固定地帶母親到健保局的南部聯合門診中心回診神經內科，就是載母親到附近的雄中母校運動，當

然母親就只會固定在某處做她喜愛的《外丹功》。同時，我的未來大嫂（為當時某市議員的千金）也會抽空開車載她去中醫院就診，看看能否紓解巴金氏症逐漸僵硬的身體與抖動的雙手。這種戀戀兒女的生活持續些時日，終於母親也回到老家潮州與父親同住。其實提早一些日子回到老家潮州的父親，由於年輕時得過肺結核，因此隨著年齡增長益是明顯，經常需使用含有類類固醇成份的吸入式肺部擴張劑來舒緩胸部只剩些許的功能，進而影響呼吸時經常氣喘，甚至嚴重時若無這種氣喘時吸入式擴張噴霧劑，都有可能隨時因無法呼吸而往生。

青春的模樣宛如飛翔的風箏，慢慢飛上天空時欣喜若狂，當風箏越飛越高，很快地，歡樂將逐漸化成只是一根拉拉扯扯的長線，生怕它高高地掉墜落。但不知不覺中，你放風箏熱情也逐漸消失，直到要收了線，拉著它回家，雙眼卻只是望著前方循著那條熟悉的道路，這就是你的人生，最終只剩下年少的回憶，記憶著如此輕易滑落的過往青春。母親在高雄的美好時光也就在身體狀況持續惡化下，終於

也回到故鄉潮州與父親同住，親情終究是人生最美好的記憶。這次回家鄉居住，是住在附近牙科弟弟的診所附近，是牙科弟弟買的別墅，正好是父母親的養老之處。同時，清華大學電機電力工程研究畢業的么弟，也是父母最寵幸的兒子，經由高考取得電機技師執照，在屏東市租店面開業，也與父母同住。但親情似乎並不是如此自然和諧，無形之中的桎梏卻是一生不得不面對的命運枷鎖，任你如何努力的擺脫，它反而越拴越緊，正如同萬能鎖般，你是如何地費盡心思，終究還完全無法解開。

母親即使又回到了熟悉的環境與一生的伴侶共度餘生，但《巴金氏症》病魔急速的摧殘卻是不得不面對的現實。我則抽空帶母親回到高雄某區域醫院，依照申請外傭看護的程序，必需由醫院審視診斷是否所謂符合《巴氏量表》申請看護資格的分數。雖然一切順利通過，也在幾個月後如願申請到外籍看護，但這期間父親的辛苦照料可想而知，正如所謂一輩子還不完的《夫妻債》，一生歡，一生苦，你就將默默承受，直到《夫妻緣》嘎然結束那時。記

憶鏗然在腦海浮刻著，多年後，你的回憶是否依然清晰？還是仍在你腦海中搖搖盪盪？最終又成為飄渺無垠的回憶？偶然的寧寂靜深夜裡，你是否仍清晰的記憶起，那已經零碎不堪的回憶，能否依然觸動你潸然淚下？淚水模糊了，勾起的回憶是否依然清晰著？抑或是天與人之間的藩籬已經註定將高高築起，那深深的鴻溝將是一生中無法越過的記憶障礙，就如此認了吧！我於20年前的記憶仍然猶如昨日，此刻的回憶百感交織，歲月的天網卻是將你牢牢拴住，任你如何掙扎，它就是你的天命，穿越了時光隧道，終有釋然的那一刻。彼時，光陰留下的記憶與回憶，何時能彼此交會而再續前緣，清晰復刻早就模糊不清的親情回憶？

當上帝適時在你身上劃上了一道傷口，只能完全欣然接受，即使你努力做了治療，極力修復補償，效果是有限的，畢竟所謂《天命難違》，認了，認了！我已經無法記憶起母親年輕時的模樣，是否有過青春歲月？還是她的所謂年輕早就在撫養6個子女的柴米油鹽苦難中瞬間消失？所

有的酸甜苦辣只有留在她自己內心的記憶中，為人子女的又能如何回憶？歲月的洪流不就早已經潰堤了曾經的記憶，淹沒了回憶的細流。十年光陰，是輝煌流金忘憂愁？還是日落黃昏幾度紅？悠悠歲月最終還是留在漫漫長草中，淹沒了曾經的記憶，甚至僅剩的模糊回憶。

母親即將落幕的人生，利用四方型支撐架獨自而行，卻如此甘之如飴，勉強能行走移動即面帶微

笑，似乎很是滿足，著實令我極為驚訝！？正常的一般人如果身體狀況突然遭逢如此巨變，將折騰好一陣子才能些許調適。但母親卻是如此快速調適，或許早已經深深明瞭，活到了這種把年紀，身體狀況都會如此每下愈況，母親平日最大的精神支柱就是幾乎能夠天天都可見到兒女，她應該很珍惜著今生僅剩的親情溫暖。我只要沒有因公出遠門，一定要每天過去探望，大姐因為已經自國小教師退休，而且還需打理母親與外籍幫傭的日常，當然更會經常過去親力親為，甚至早上與下午各為二次，親侍母親至極，堪稱無與倫比的孝女典範。若無大姐的無私奉獻，哪有其他兄弟姐妹的如釋重負！只是倏忽一生，子女對於父母的回憶還能剩下多少？漂零的記憶是否為今生最是傷心的回憶？你曾在多少的夜裡，清晰且如實地夢見過往親情的點點滴滴？夢醒時分卻是熱淚盈框？正如《那些電影教我的事》所言：當深愛的人變成回憶時，那個回憶就成為了世上最珍貴的東西。

人生的回憶有如深沉大海般，而記憶是載浮載沉的滄海一粟，尋它千回失落徒悲傷！數十年歲月哀戚喜樂，如幻夢影。歲月無情，罹患數十年巴金氏症的痛苦惡夢，終究有這麼一天擺脫了離病魔的糾纏，撒手人寰。數十年來，在高雄佛光山骨灰塔裡，週年復始的同樣告白，悲戚如昔？

風聲掠過國境之南

一陣的強風迎車身吹來，車體不得不劇烈隨之不規則的晃動著，宛如像是有人拍打著車門的聲音，苦苦哀求著請你開門，多麼盼望想和你同行，即使是素昧平生。這是恆春半島在每年約在十月開始，吹起名聞遐邇的《落山風》，演繹著亙古不變的恆常。這幾年，我最為喜歡聽這種南國之風的哀號聲，宛如此山彼海，吟唱起悲傷恆春歌謠，魂斷之曲，間接觸動了近幾年因《悲傷之谷》而迷失的迴旋。總在這南國尋得短暫的忘情慰藉，悲傷縈迴之際，轉身間已經撩落馳騁於無垠的大海之愛。

一年間，春夏秋冬四季幾乎每一個月，我主要都會固定請假一天造訪南灣前方不遠處，交會著東向往龍鑾潭的道路的天鵝湖飯店的泡湯游泳池。諾大的游泳池好像是為個人而開的療癒系旅棧。當然偶爾會有住宿客相伴，但都是你我平行似的陌生，各自懷著不同的心境，宛如是短暫過境的漂泊候鳥般，消磨著一天的徜徉，迷失之心宛如膩了情，愛戀忘卻歸時路。

夏日晨曦早起了，東方魚肚尚未翻白，昨夜又失眠。那是我最為喜歡這種無風無雨的日子，宛如中了樂透一般的喜悅。車行一路南下，是再熟悉不過的長路。遠眺晴空萬里，近觀白雲飄忽，斗大的車子馳騁在天地之隅，宛若交會於山海的一隻沙鷗，任它翱翔。

枋山鄉海域的休息站旁的遼闊海域，憑欄觀海聽濤是我最愛。偶而走下砂礫的海岸，邊看邊堆疊各式各樣的圓石，想著它們是歷盡了多少滄桑，或者它

的故鄉又來自何方，一如我的這一生，最終會是什麼模樣？是否也只是圓石之間的砂礫而已，終將漂泊於無垠的天地之際？大海啊大海，最是吾愛！遠處如我這般的過客，男男女女的人們，一路沿著海岸邊走著走著，不時撿起碎石往大海一扔，只見瞬間的小水花濺起，隨即又平靜如昔。週而復始，笑聲也隨著此起彼落。但見浪濤卻如勇士般，衝向岸邊後隨即再退回大海，再接再厲，毫不退卻似的。

一如我的這一生，至少到目前為止，內心是如此的不平靜，是否也如大海浪濤，一波未平，一波又起。是否也能如大海勇士般，越挫越勇！

自從我在住家不遠處的一家中西合併的民俗療法診所，醫生引進了來是俄羅斯的神經脈絡電子檢測系統，醫生居然研判個人的精神狀況幾乎接近失心而錯亂狀態。我即使驚訝此種科技式偵檢測病徵研判方式雖然很是八卦，但終究認為這一切檢測與研判幾乎與我目前的精神狀況極為雷同後，即使看似超級精確診斷，索性不再持續看診，而是利用每個月

抽空一天，自我放逐，以各種方式到了南國放鬆之旅，想藉由自然療法，逐步讓精神（或者看成是神經系統）《解封》，不讓這種精神的奇遇之旅變成尋常，最終將變成神經異常而無法自拔。

夏季晨曦之旅，總會在枋山鄉海域偶爾遇見一部中型卡車，載著《放鳥人》的賽鴿訓練中老年人士以及一箱箱關著比賽用鴿子的籠子，有意讓《賽鴿》在一望無際的茫茫大海中自己找到回家的路。因為好奇而將車子停於路邊，嘗試地詢問他們是否在比賽？他們居然同聲回答說，不是，是訓練而已，真正的比賽，他們是將幾隻鴿子裝於籠子後，放置於船上，再由船載用到海上離陸地一段距離，讓鴿子完全看不見陸地，到了茫茫大海中後，陸續地很快打開鳥籠，天空將被鴿子短暫遮蔽後，鴿子就像鳥獸般分逃，各自尋找回家的路。據說，鴿子身上具有其天生的GPS（全球定位系統），能在毫無協助下，極為自然找回遠方主人的窩，鴿子若是第一隻先回到家就奪得冠軍。這種自然界許許多多動物與生俱來的本能，正如我想像的人類自然療法能力的

發揮，好讓自我能自然的回到原本正常的模樣。人們則是經過數千年才經由科學技術開發的GPS，方能追趕上鴿子與生俱有的本能，甚或無數的水下與空中自然界生物體亦同樣具有此種天賦的特異功能。這群《放鳥人》都只是平凡老百姓，當然有不少人因為訓練有成，擁有冠軍鴿子或者因押注對了冠軍鴿子而富有。但無論如何，這些都是他們心中小小的確幸，是如此無憂無慮地沉溺於短暫的歡愉。是否我只要轉個念，不就也是如此了無牽掛，何需庸人自擾呢？畫地自限而致陷入病態式的精神輪迴無法自拔呢？人生區區數十載，平凡與優越，無需浮誇，當人生大數到來，不就只是飄塵落土，人人皆是如此平等而已！

有回就是如此湊巧。車行右轉往白沙灣與後壁湖漁港方向，經過了龍鑾潭側邊的觀景休息用的石椅，當天約早晨七點多，我習慣地會將車子靠邊停車。看見一位年輕爸爸帶著年幼的兒子，一起坐在石椅上有說有笑，而且小孩手裡正在邊玩著多彩的風箏。此刻那種溫馨的景象，是一幅美麗的夢幻

圖像，似乎述說那個最初的幸福感動，就是如此單純，快樂總像只是咫尺天涯，你我都忘了初衷。猶記得曾經單獨與就讀小學大約是三年級的女兒來過附近的天鵝湖飯店，童稚的她喜形於色，是如此地徜徉於戲水之樂。難道人們隨著歲月加重了成熟後的包袱，早已丟失了過往的無憂純真？原本輕如鴻毛的無界自由，卻不經意地漸漸將自己豢養成為籠中之鳥，欲想逃離而不得！

尋常的別離，竟是遙不可知的等候！有幸在高雄某科技大學重新攻讀博士時，對岸經常有短期三個月交換來台灣的博士生，南國墾丁是他們極為嚮往的

必遊風景點。南灣、墾丁公園、鵝鑾鼻公園、社頂公園、以及龍磐公園，甚至沿路到港仔吊橋與佳樂水。我基於好客更是趁此機會，分年且分季，分別載著陸續來了三個梯次的男男女女的優秀大學博士生，趁機會重遊恆春半島的美景，藉此釋放積壓已久苦悶心境。當時的這些年輕博士生分別來自不同省份，家境狀況差異甚巨，我卻從未有差別待遇，只見他們會有不同的《台灣印象》。即使因為曾經因為一部分族群於半世紀之前自對岸遷徙來台，然而久而久之，也逐漸融入台灣特有的島國文化以及被日本與歐美相繼《被殖民》的多元文化，成就了看似隔絕於海上的島國孤單地理位置，但基本上的

台灣文化已經成為世界文化的一環。看似敵對的彼岸，但仍在許許多多非政治觀點的相互交流上仍是包容。我有幸能有這麼偶然的機會與彼岸名校博士生互動交流，即使短暫的三個月的禮尚往來，尤其最為感動的是他們幾乎對於所謂《國境之南》的恆春半島留下深刻的印象，也讓自己再次與之一同放逐且吶喊於夢幻之鄉。但終究是緣定南國亦如此地短暫，一別十多載，終將是《永別》。撿拾往事，歷歷在目，但又飄渺如風聲掠過國境之南。

猶記得於1980的年代裡，也是所謂的《民歌年代》。當時非常著名的民歌手鄭怡小姐，曾經重唱一首早期由當時的民謠歌手陳達先生（1906～1981）吟唱出名的一首形容最南方大鎮恆春的歌曲。歌詞中句句感人，其中「再唱一段思想曲，……，老歌手琴音猶在，獨不見恆春的傳奇，落山風向海洋，感傷會消逝，……」。的確，落山風周而復始地吹拂著，但是故人依何在？有人說：「一首歌，不只是有一個故事，它是一群人、一個世代、一段時光的美好凝結、有無數的知遇和了悟」。我何嘗不是如此地勾起回憶與感傷，尤其當

風聲掠過南國之遙，吹起了「思想曲」。如果最感動人心的恆春半島的愛情故事，首以十多年前大賣的國產電影《海角七號》。它的動人主題歌曲「國境之南」，至今仍被傳唱不已。……，當陽光再次回到那，飄著雨的國境之南，我將試著把那一年的故事再接下去說完，當陽光再次離開那太晴朗的國境之南，妳會不會把妳帶走的愛，再告別前用微笑全部歸還，如果海會說話，如果風愛上砂……。鍾愛國境之南，豈只訴說著男歡女愛的故事而已。旅人的故事，又豈能以微笑全部歸還？此時此刻，愛戀恆春的故事是歲月迷惘？應該是散不開的濃情。所謂「日落西門情悰長，幸福遠近八面來，飄渺迷蹤伴古城，失落身影伴古城」。

記憶如行舟，是無止境的眷戀，也是一種對生命尊重。風聲掠過南國之遙，訴說著遠古：

秋風起奔馳著
熟悉的音符跳躍著
水在風中舞
恰似一葉隨波
湛藍的流光追尋著
抖落後又再沉澱
拾起後再編織過往
碎念後還需熱情
思憶後一隻孤帆
啟航吧
戀戀路遙國境之南

長日已盡

長日，顧名思義，是由連續片段的今日所組成，是悲或喜終是無常。悠悠歲月是一生的長日，也是由片片微微的短日組合而成，也就是經常聽到的，活在當下。最終是一個來得突然偶然的瞬間，剎那終點來得突然，親友送別的那個悲戚的終日，是一生長日的斷點，如此突然的斷點悲傷也在此留給親人一段長日的遺憾與懷念，銘刻在你我心中的不捨、後悔與失落，久久迴盪不已。常言道，餘命很貴，但伴隨的病痛，即使僅剩短短的

餘日，歡樂與自在終究是短日，你我終將面臨的宿命，徒呼哀哉！

職場生涯普遍是人一生的親春與老年的交織長日，約是介於25＋到60＋之間，不謂不長，但世俗認定的成功或失敗與否，最終將是長日已盡，回首往日徒呼無奈。諾貝爾文學獎得主，英籍日裔，石黑一雄，在他的大著《長日將盡》中描述到小說中的男主角，一直以來就在名聞遐邇的大莊園工作，見識了全世界的重要人物，並且帶來了外面所發生的所有訊息，因此以服務莊園且後來當上主管自豪。最後人生的職涯長日，就在莊園易主後，不得不離開服務一生的莊園退休，當然有著萬般的不捨。正如尋常一般人，職場長日即使得意悲喜，總有不得不退休的那一天，退休當日就是長日已盡。這位莊園主管不得不結束這一生的長日總管頭銜的前幾日，莊園舊主人給他休假出莊園四處逛逛，他選擇去拜訪昔日的同僚。開車路途期間他終於好好看看莊園外的世界，即使短暫幾天毫無羈絆的旅行，他終於

發現外面的世界是如此多彩多姿，悵然之心油然而生，這一生宅在一個莊園的日子，來自貴族與重要人物帶來的各地方的資訊，總以為那就是世界的中心。今生唯一的工作與生命皆奉獻予自以為傲的莊園，是他認定是最偉大的成就。殊不知，這種人性的偏頗與安於現狀，最終面臨不得不離開今生長日的職場，侷限了一生的視野，即使退休前幾日，展開莊園外之旅，大開眼界之愉悅，但已經長日將盡，不堪回首，只能後悔以待。

回首職場之初是如何選擇志業？報酬？公司聞名？可安逸待長久一直到退休？或者只是剛畢業，趕快抓住一根浮木，否則會顧忌世俗眼光？我呢？在那個民國70年代，畢業於所謂台清交名校，進入了聞名機構，機構位階奇高，而且當時的待遇，亦屬台灣佼佼者，主要目的是招攬優秀人才，也是數十年之後，機構成就非凡。正如《長日將盡》一書中提及，小說中的大莊園可說是上世紀中期，全世界各地佼佼

政治人物匯集之處，儼然成就成世界中心，服務於莊園的各階層工作人員，自有其驕傲且長日安逸，驕傲地以終身工作為職志。

進入這個聞名的機構，是偶然，是長日線段的起點。至於能在這機構工作30多年之久也是奇蹟，但長日線段也必然有終點。在這機構的北部單位服務了約八個月，大部分時間與每周三次晚上，趁測試設備空檔之際，耗盡體力挑燈測試再測試，如此短短半年就這樣在不知不覺中悄悄地度過。回到住宿處還得為某書局趕工翻譯外國的科技叢書，日子就如同魔法般地一段段地悄悄消失。為了不幸罹患巴金式症的母親，請調回高雄單位，為了能盡人子之孝，照顧漸漸惡化的疾病。協助請調的北部單位的直屬小主管，提議設計個東西作為紀念。當時的所謂個人電腦完全是外購的IBM電腦，每台都是昂貴珍寶，價值台幣20多萬，幾乎是十多名員工一個月的薪水，甚至連介面卡也是數萬元台幣。仔細考慮後，似乎可以發揮讀交通

大學研究生，皆需理論與實作兼備方能畢業訓練出的功力與能耐，因此選定了設計IBM電腦介面卡為設計方向，硬體兼具多通道數位介面與串列傳輸的RS232為主的介面卡，是個好方向且極具用途，但仍需仔細搞清楚IBM主機之介面卡機制，以防止不慎與主機衝突，造成電腦故障，損失可就大了。初生之犢果真膽大，終於在緊緊2～3個月設計、製作且測試完成。應該是這個機構少有成就，驚動了其中一位台北工專的好同事，私下與外面熟識的私人公司聯繫，希望我趕快離職過去上班。他或許忘了，我是因為要調回高雄才設計此東西，而且最重要的是我是服務六年的國防役，如果中途離開到私人公司服務，必須回部隊服務完二年的兵役，因此他也放棄此意念，對我而言，回高雄是我的最終願望，至於這種所謂的成就，似乎沒感覺甚麼偉大的豐功偉業，畢竟對於交大人而言，這只是研究所訓練二年的簡單驗收而已。這是我的一條短日職場線段，也是完全無法忘記的初生之犢的驕傲，也是小小自我肯

定的成就，奠定了另一段長日的起點。然而這一小小的自我肯定，由於種種的這一切，返回高雄後，在新工作與協助母親治療的日常瑣碎的不知不覺中，不久後即忘的一乾二淨，宛如甚麼事都沒發生似的。人生中出現的一切，成功或失敗，得與失，即使是長日中的細微片段（線段），都會是潛移默化的因子，逐漸滋養你成就未來較為順暢的職場長日。

高雄市，因為高中時就讀高雄市立中學而成為第二個故鄉，當然，出生地是臺灣省屏東縣，身分證上是如此註記。如果要再詳細說明，出生於屏東縣佳冬鄉，小學於屏東縣萬巒鄉佳佐村（離百年萬金教堂僅數百公尺之遙）就讀，國中一、二年級就讀於萬巒國中，國三又轉讀屏東縣潮州鎮的潮州國中，這就是我的15－的所謂十二年國民教育人生，平凡至極。16＋～18＋則是參加聯考考上了當時還是省立而非市立高雄中雄（後來因台灣的六大人口超標得城市而改制為院轄

市後方一併隸屬高雄市立高中）；隨後則是新竹交通大學大學部至研究所，就此暫時打住了20多年算是辛苦的求學生涯，不久後直接投入職場，也是順利的進入那個民國70年代初期，絕大部分年輕人夢寐以求的重要機構。青澀的求學過程，是一條筆直的短短線段，是很有可能因此決定後面長長的曲折人生與否，但那看似無止盡的曲線，如何的彎曲仍是無法預測的。生命之歌能否譜出優雅的旋律，還是只是當個自然界天籟之音的聽者，才算是不虛此生呢？抑或是庸庸碌碌地當個生命的過客，無需辛苦一輩子去追求人生的價值，只願活在當下，不錯過生命的任何美好的故事？

因此，自北部轉職回高雄後，25＋成為新的職涯新的長日起點，就一直在這個南部分部門工作至60＋非屆齡65提早退休，總共35＋的職涯長日終點。南部這個分機構，位置特殊，依山伴海，風景秀麗，與北部機構環境完全不同。當時經常

工作累了，往窗戶向防波堤內望去，經常看見整群魚跳出水面，蔚為奇觀。同事說那是鯖魚群，樂不思蜀的快活。或許是藍天的牽引，甚或大海的迷惑。

也是經常看見同事在短暫的十幾分鐘的上下午時段，提著釣竿，循著最近的防波堤走去，低頭望著防波堤下方尋找著魚隻好下竿。細數全台灣的幸福企業，這個機構可說是箇中翹楚，也難怪很難看到離職的員工，終於成為絕大部分員工的長日志業，如同早期農業社會聘請的所謂協助農作的【長工】。更是你尚未退休，你認識或早已經退休的長日同仁的兒女喜事，甚或他們往生的惡耗，宛如是一個大家族的代代尋常。

甫回南部部門，分配到一個研製不會動的物體的小部門，部門小主管卻偏離主體，開發以美國Intel公司的CPU（Central Processor Unit，即所謂的中央處理器單元），完全失焦研製的重

點。因此也跟著誤打誤撞，練就了研製各型以Intel製造的Intel CPU為中心的各型自行開發研製的不會動物體內部的主控處理器，當然也不需自行開發其運作的處理軟體，也是整個不動物體系統的靈魂。當時總認為是自己的靈魂開竅般的不可思議，以當時台灣的電腦科技的萌芽階段而言，亦堪稱技術翹楚。多年前有部出名的電影【靈魂總動員】中的金句：生命充滿了無限的可能。當時對個人而言，算是極為資淺的新進員工，約28－，是小技術，大成就，我的靈魂有著多麼意外的喜悅。就這樣初生之犢不畏虎的心態，正如管理學理論舉例，每年累積1%的小小的技術與成就，多年後成就就異於他人。

不多久，別部門的小主管調我過去（或許私下已經跟部門大長官談妥，不得而知），一起與三位平均約大我十歲的前輩，與一位小我約四歲的也是新竹名校畢業的年輕新進一起討論他們某一研究計畫如何持續有實品的全系統進度。研討後再與北部二個部門一起合作，最後終於完成全系統雛型，並且

移上了模擬平台完美的轉動，大夥兒驚呼連連。也就這麼巧合，中華民國與美國在台協會大長官分別造訪（之後多年後，亦有中華民國第二號人物以及多位中央民意代表等等不同層級的重要種府官員來訪），也參觀了此系統，幸好完全運作正常，似乎上蒼保佑似的。當年考績長官給了個優等，並且擬給一周有獎金的慰勞假。我認為後者萬萬不可，也幫忙一位共同合作的優秀技術師爭取，終於如我所願，皆大歡喜。當時終於體會到，現在做別人不願意做的事，未來就可以做到別人做不到的事。也應驗了某本書中的名言，所謂人生，就是讓我們探尋那個使命的漫長路程。這也應該是如何在四十歲成功的職涯長日中的一小段應驗旅程。

然而美好的時光來得突然，也消逝的迅速，是人生更上一層樓的體悟。初生之犢上班也快五年，離脫離某一簽約束縛僅剩約一年，不得不思考自己如何在學術的殿堂更上一層樓，而不是升官發財，還算年輕約三十的我，完全沒有如此迂腐的思維，更未

覺得我這一生的長日，不該陷入非技術官僚的職場漩渦中。人生的偶然，並非必然！果真，在北部工作的研究所同學，六年後已經自由身，即有幾位能人陸續離開這個大機構出去闖盪，果真沒多久各自闖出一片天，賺進人生的一大桶金，似乎已經過著半退休的悠閒人生，大異其趣的長日成就。更有一位將六年中，利用晚上自我加班練就通訊領域中的某項技術，離開這個機構後，繼續將雛型模組繼續精進成一個完整的商品模

樣，居然有遠自歐洲的廠商願意投資，就這樣利用間公寓就成立公司，後來從上櫃到上市，至今仍是一間利潤不錯的公司董事長。可見那個已進入民國的八十年代，台灣自創技術的成品已經慢慢萌芽，處處是商機。難怪那時在機構中涉獵通訊領域的人才，逐漸離職，離開這個機構的舒適圈，斗膽到外頭闖出一片天。後來20～30年後，儼然自外面的的大公司，回頭再提供這個機構所需的關鍵零組件與系統，成為這個機構發展重要計畫成功的支柱。又是應驗了所謂「生命充滿了無限的可能」。

即使五年內，完成長官認為難得的成就，也因中華民國的大長官視察肯定後，後面的計畫不僅建案成功，預算甚至翻數十倍成長。但我並未因此自我感覺良好，反而為了六年的枷鎖解除後能離開這種已經逐漸演變成非技術官僚體系的機構，審視早早比我進入這個部門的先進們，已經將此機構視為長日志業，的確是個完美的舒適圈，公司的文化因此逐漸形成，往不好的一面傾斜。

服務機構五年後，使出了自我推薦獲得翻譯英文版科技專業叢書的自我推薦的厚臉皮，而且持續源源不斷的翻譯的能力。抽空赴台南成功大學電機系某位教授自我推薦攻讀博士的機會，不僅意外的欣然同意，而且還開車載我去某家從事不斷電系統開發有成的公司參訪，主要是為了能半工半讀的抽出一點時間兼職，讓已經有家庭的生活不至於陷入拮据的窘境，能無後顧之憂的專心攻讀博士，真的是用心良苦的教授，這也讓我六年枷鎖解除後在學術殿堂更上一層樓的決心毫無懸念。這又是應驗了努力過後，人生的未來長日是值得期待的。

然而大概因為自己太過大意的走漏風聲，上級長官約談我，希望我忍忍繼續待在機構持續服務，並將爭取能夠到美國公費進修博士的機會，但首要是要先考過托福550分的門檻。由於當年托福會考剛好在台北市汀洲路上的某間國中舉行，的確還沒來及預作完整的準備就上戰場，果真因為英文的底子還不夠深厚，第一次滑鐵盧，才考了530分，失去了赴美進修的機會。似乎冥冥之中，已經註定博士在30

多歲時與我無緣。但衡諸部門的博士共六位美國博士，其中二位是部門主副主管外，另外四位的其中二位也陸續接任了副主管，只是卸任後的狀況並不完美，其中一位隔不久後因某中大事件被迫離職，另外二位則因個性問題宛如自由身，從未當過任何官銜。似乎有了博士學位，薪水一下子增加不少，但也從此十多年來從未再增加（統一加薪除外），安逸與失望真的會讓人無比的墮落，因此他們職場長日只剩下同仁們尊稱為某某博士的洋洋得意頭銜至退休，難道不會灰心喪志嗎？難道拋妻離子遠渡重洋苦讀四年的理論與技術，從此又回到尚未去進修前的狀況，一切歸零？似乎不是我們部門的公費博士如此而已，整個機構都有此種現象，機構投資攻讀博士的報酬率不如想像，說是浪費公帑也不為過，只是對外的大外宣的確能令人肅然起敬。管理知識上經常看到「比學歷更重要的六件事」，敢冒險、持續學習、勇於改變、適應環境、善用科技以及跨領域開創自己的路。讀完博士後，不僅學歷高人一等，薪資提升不少更不在話下。苦讀四年

後，就能在這麼優渥的薪資下，似乎最能《適應環境》，掛著外國博士的頭銜，早已經自命清高，就能安安穩穩地活在舒適圈直到長日之盡，而能夠自我惕勵在技術上更上一層而勇於承接重大計畫者寥寥可數，應該說是往後不算長日的職場餘生就如此虛度，等待退休的長日。一個公司的企業文化是成就菁英團隊的關鍵，亦是否能永續經營且持續吸引人才的不二法門。

說提名以公費赴美國攻讀或許是長官的緩兵之計，只是要我放棄離職的念頭，而今回想利弊得失，失去遠赴美國且離開已經結婚生子的家庭，的確極為矛盾，這也或許是捨不得離開家庭的《舒適圈》所致，毫無有可惜之落寞。說來或許上蒼早已經安排每個人一生的命運，正如你我都是走在自己的《時區》中，無需相互羨慕或忌妒，更不必要失落以對。

話說長官提及已經無國外博士名額（是否早已知曉，只是有意以緩兵之計慰留？），但還是真誠地告訴我，仍然有國內攻讀博士學位的公費名額，我還是一口答應，就讀學校選項填寫鄰近的大學，中山大學或成功大學。當然正式核准後仍以最近的中山大學進修，每日就如上班一般，也能完全照顧到家庭，畢竟當時老婆在公立銀行上班，經常因為三點半後銀行因為結帳問題，很晚才能下班，二位幼兒的下班後照顧問題幸虧有二位保母的任勞任怨，減低負擔不少。

自從交通大學碩士畢業後，經過短暫四個月入伍訓練後進入這個機構開始上班，幾乎已經過了十個年頭才再重返大學當起博士班學生，這歲月也真是捉弄人。當初如果聽從碩士班指導教授建議持續攻讀博士，或許早已經如一位碩士班同學取得博士學位後，當起了教授，月領不少退休金，還能到私立大學繼續當教授，每個月爽領二份薪水，當起人生的勝利組。當時碩士班的研究論文，指導教授已經親自整理發表了博士班畢業的A級英國期刊，也發表了一篇國際研討會論文。尚未碩士班畢業前，指導教授心中早有這個底，因此只是建議我，如果繼續讀博士班，只要做個理論分析應該即可畢業。但當時除了內心的親情呼喚，自已也覺得已經在風城就讀了六年，累了，就這樣放棄了指導教授認為唾手可得的機會。原本領取的十多萬的獎助學金，不是到這個在當時名氣很旺的大機構，而是到一個政府管控的電信公司（位於台北中正紀念堂附近的附屬研究單位），是要服役二年後才能去服務的（後來向高層上書而改到這個大機構服務六年以替代二年

的原屬性質）。後來三位同學服完二年完整兵役後去服務，其中二位也因為工作表現優良，陸續以公費取得美國博士學位。多年後，幾位碩士班同學的成就，幾乎是應證了六年箝制後越早離開離開這大機構者，掌握機會，努力熬過無數的挑戰之後成就非凡。說來極為諷刺，善用這個機構無比的高級設備，成就自己脫離枷鎖的能力，短日之內即可成就輝煌的餘生長日。

最終提名通過且考上中山大學電機博士班，全職四年公費專攻學位。雖然努力通過資格考等門檻，也幾乎在二年內以高階統計學理基礎完成二篇論文發表期刊，而且有正面的外國專家學者審查，但就是事與願違。原單位長官也是在中山大學兼課，去跟了指導教授說要共同指導。因此一切變了調，指導教授不同意共同指導，有意延宕投稿論文審查後的回覆，而且也明白表示能否由原公司機構提供學術合作計畫。此時我已經感覺似乎面臨瓶頸，已經做好隨時暫停繼續研究新的論文發表，回單位述職的心理準備。還好平日幾乎有在兼職外國科技叢書

的翻譯工作，仍有不錯業外收入，最終還是提早暫停博士班學業，返回單位持續之前計畫的進行，雖覺得可惜，但也覺得坦然踏實，不再受到折磨，但無形中心理的一層陰影與不捨，終於影響了生理，身體免疫力似乎像惡魔般侵蝕著，又因同時接了二項重要工作的壓力，每下愈況。同時，更是有如晴天霹靂般的接到師母的一通電話，談及指導教授得了腦瘤開刀，狀況不好。隔不久又接到指導教授自家中來電，哭泣地說道，這輩子對我最為抱歉。希望我繼續就讀，有另外一位教授主動要幫忙，但這一切似乎對我只是心理上的釋然，一切已經隨風而逝，不再有怨懟，不長不短的攻讀博士學位之路，卻留下給自己心理與生理的復原重建的漫長之路，細數那段畸路，至今已有25年之久，似乎好像沒發生過似的，還是早已經忘了那段曾經？還是釋然如飄？不久後，終於參加了指導教授的天主教式的告別儀式，看著他的二位幼女，想著他今生約50個年頭的長日已盡，悲從中來，潸然淚下！原來，生命中最美好的一切，往往已是擁有的小事，而不是忙碌一生的追求。正如我們經常花了一輩子追求人

生的價值，卻忘記了生命中早已經擁有的美好，活在當下是普羅眾生應該已經擁有的小小確幸，夫復外求？家庭美滿與工作依舊，那是人生最後的一道精神支柱，毫無損失，而唯一必需耗時修復的是自我的那一道傷痕，是如此的鮮明，但僅留自己內心的明白，是長或短，需要韌性與堅強，方能再接近復原，但無論如何，不會再回到從前的那個完整的我。今生長日如果不再梳理過往的種種，豈能清晰憶往那埋藏心中深層不再理會的傷痛！

開始漫長的復原之路，總希望能了解自我內心到底傷的多麼嚴重，多少已經鑄成創傷，否則被蚊蟲一叮咬，平常只是一個癢癢的小膿包，一日之內即告消散不見，但如今是長出一個大膿包，久久未散，可見抵抗力之弱已今非昔比。但想想去看心理醫師，是否會將我看成半瘋狀態，如此治療下去，可能一整套療程會花去數年之久。如果真的治癒了，或許這個部門的大熔爐才是治癒的關鍵所在，畢竟計畫與同事間的相處，讓你不得不得不再堅強，遮掩心中的那一小塊傷痛，很快隨著工作的忙碌，逐

漸忘掉那一段的二年多攻讀博士不捨與傷心地歷
程，垂手可得又失之桑榆的久久不捨，但隨著長
日歲月消逝，曾經的那段往事，似乎已經成了要努
力回想方能撩起的那塊如煙消散的烏雲。正面地看
待，俗話說，讓一個人忘記第一道創傷，是宇宙給
出的第一個獻禮。也正如台積電創辦人張忠謀經常
提起的名言：每一個人出生時，上帝就在身上給你
劃上一道傷口；換句話說，沒有一個人一生是圓滿
的。看開了，又何嘗不是？何況這又不是我人生的
第一道傷口！

不想到大型或區域醫院看診心理醫生，但好巧不
巧，住家附近剛好有家診所，號稱引進自俄羅斯的
特殊心理診斷儀器，就當死馬活醫試試。萬萬沒想
到，這間診所的醫師是否會觀臉術，沒問幾句話，
居然要我坐上那個特殊儀器上，身上多處安置感測
器，就這樣啟動裝置運作。診斷結果，自己看了圖
表也聽不出所以然，只是驚悚的聽醫生似乎很嚴肅
地的對我說，我這個人幾乎已經接近發瘋的程度，
但我的意志力堅強到克服了失控的階段。聽了醫師

的說明，幾乎驚為神醫。因此也聽從建議，買了幾個艾灸回去做所謂的民俗療法。但心病似乎已經阻斷了耐心，內心的那個糾結仍是久久無法解開，因此斷然放棄這種所謂的艾灸療法，開始大自然的自我療癒，那一段南國漫長的溫泉與山海之旅從此開始，並且持續了2～3年，一年中就能往訪恆春半島近十次，而後回想，那是多麼有耐心的奮鬥過程，但也從此愛上了這座半島，自此結緣一生。

就這樣的自我放逐方式，或許一趟約4～5小時的一日往返路程，對於一般人而言，應該看來極為不可思議，但山海遼闊，憂傷的過往奇蹟般地逐風而逝，始料未及。每當十月時，落山風自東岸攀越了低矮的山巔，宛如颱風降臨，拍打著車窗，翻悅浪濤中。歸程中隨著夕陽而落，宛如慈祥的餘暉。飄散的那一朵烏雲，憂離愁飄，糾結羈絆隨之化開，雲散風輕，夫復何求？到底是時間，還是大自然治癒了心中的糾結，已經完全不重要了，畢竟曾經濃的化不開的不捨，似乎完全釋然了！從此與恆春半島結下了不解之緣，始料未然的意外收穫，值得！值得！即使多年後於科技大學重拾攻讀電子工程博士期間，如果有來自遠方的博士班交換學生，恆春半到是專程帶他們去旅遊的勝地，的確也是他們來台灣極為嚮往的必遊景點。而且萬萬沒想到，居然出差恆春半島的鵝鑾鼻多次，甚至多日的長差。而今回想，出差住宿都是住在遙望著墾丁公園大尖山的山邊民宿，每日開車往返龍蟠公園，並且抽空隨處遊遍恆春半島。說來也是奇蹟，光陰荏苒，曾經療癒之地，居然多年之後仍有著如此再相遇的緣分？歲月的造化的確真會作弄人！

秋瑟十月天，風兒逐山而落，猛拍著車窗，我馳騁著，熟悉的浪濤宛如音符跳躍著，水在風中舞，恰如一葉隨波，是湛藍般的浮光，好似抖落過往而沉澱，再拾起編織的往事碎念，忘了吧，需要熱情。一艘孤帆，再啟航，戀戀路遙，國境之南！的確，喜歡在國境之南，南國一路，偶爾停歇，擁抱藍天，遠眺朵朵白雲，釋然在碧海中。就這樣頻繁往返高雄與恆春半島的幾年，心中的疙瘩早已經消失殆盡。是大自然的魅力，還是時間的魔法，早已經洗滌清淨內心久積且化不開糾結，不得而知，也無需再探究。卻是戀戀國境之南，早已成亙古的情緣！即使多年後也終於取得博士學位，遲來的頭銜卻不再有悸動，只像是長日凡塵的微微般的莫名的確幸，隨風飄散般的雲煙，宛如遠方大海的夕陽落日，瞬間的美麗雲彩，還能帶給你多少的小小確幸，只是一個頭銜的踏實，早已經被南國的情緣淹沒，的確是抖落的過往早已沉澱，再拾起編織的往事，長久深沉的碎念忽然成煙消散，釋然在茫茫大海中。

多年後，往事的記憶片段如同一扁行舟，依然獨自行車敞洋在南國天之際水之涯，相濡以墨的落山風依然風聲凜冽如斯而飄向大海。我仍然是一位孤影的南國旅人，斜陽落日似乎告訴著你，走著走著也需歇腳，坐看朝陽旭日，我終於慢慢知道，現在的我只是聚散的生命方程式，很容易解答，就是湛藍的一片海，了然的一顆心。如此，馳騁日復一日，心境卻飄寄若無垠。

50＋悄然滑落至60＋，長日的最終約十多年而已。主管要我的名片重印，其實只是多加了博士二字，也只是主官與我這位副主官是具有博士頭銜，這個遲來的博士二字好處幾乎沒有，倒是雜事變多了，就出差這種厭煩的事，居然一年可以超過百日，大部分是搭乘剛剛營運約一年的高鐵清晨約六點多的第一班次，每每上車聞到車廂新鮮的味道，幾乎極為厭煩。如果停靠台中站，上站的年輕人剛好比鄰而坐，而且拿著麥當勞早餐享用，原本香噴噴的美味，居然噁心至極，睡意完全打消，還需至少在新竹站，或方能各自解散，完全解脫後形同陌路後方

能換來自由身。如此以往，甚至休假的權利逐漸消失，公部門於重點日必須輪流留守，之後必須補假，一年內能有十幾天的自由逃離公事，應該是偷偷賺到的，其他近20天的慰勞假真的是慰勞了。

這就是所謂的50＋開始的人生寫照，出差後一回辦公公室，甚至經常突然承接起約130多人部門的代理主管，唯一尚留印象中的是蓋不完的章，看不完急著要批准或可，或閱等公部門的標準電腦簽章。甚至連主管職權的公文，秘書也故意堆送，而不請足不出戶的另外副主官代理，而主管也是經常出差，非常辛苦，也只能代勞。其實看似日日繁瑣的業務，加上自己本身找來的計劃，總要在忙中空檔時抽空突圍完成，畢竟那技術才是王道，單位生存之根本。50＋之前，25年來各式計畫磨練出的理論與技術，以及這個公部門大宅院的「慈善」，成就了負責任的人，似乎也造就了多如牛毛的附庸之人，絕對是不對價員工的當然天堂。公部門猶如圍棋，似乎總有棋子密密麻麻遊走的空間；而私部門洽如象棋，每個棋子剛剛好各司其職，如同混沌理論與

燕子理論是也。更所謂數（樹）大即是美，即使透過某知名八卦刊物要做大外宣，喧染力道十足，信者恆信，不信者恆不信？！只是這出名且舉足輕重的關鍵研究機構，曾幾何時長官的觀念會做如此的大改變？還是突發奇想，也來個「靈魂急轉彎」？靈魂突然出竅，圖謀何事？

之前提名以完全公費進修國立中山大學電機工程博士班，未能於合於規定內（含休學最長九年）獲得

學位，等同未取得博士學位，也就是白白花費了九年的光陰後又回到原點，但那九年的光陰，是多麼長日的歲月！雖然只花費二年而非九年的研究期間，就稍有研究成果，但人因仍然是所謂研究成果的重點，正如人的一生成就，IQ只決定職場成就的一小部分，關鍵在自我的EQ與人際關係的SQ，其實最終還是機遇，那或許偶然出現的關鍵機會，你是否能綜合發揮上述的特性，適時掌握這個偶然，否則能混沌長日，或許造化是特別禮遇，或許你懂得在這種大機構的熔爐練就混沌一身功力。養鴨人家若有鴨子能持續能生蛋，你會輕易棄養嗎？慈善與？善一字差，失之千里，你能奈何？熬過近七分之一的人生，或許匹極泰來？或許你的運氣極佳，養鴨人家慈祥善待鴨鴨眾生。

45歲那年，人生做了最艱難的決定，與位於淡水某家世界級的筆電品牌公司的某大學退休教授轉任該公司技術長有約，研究開發刀鋒式電腦，其實就簡易型的中央控制型網路伺服器，用以簡化大型公司分散式的傳統個人電腦，除了能集權式且資安式管

控，更能節省一筆不小的人人一部五臟俱全的完整電腦的花費。中年轉職不但膽子要夠大，而且要大到足以挑戰20年來從事完全不同專長領域。

也許冥冥中註定，這一生的長日會將是不斷的線段。自遙遙的新北淡水華碩公司總部返回高雄的家中，隔天老婆得了重感冒，請假五日，幾乎一周都臥床，還上吐下瀉。我還是去了書局買了相關的書籍，依照那位教授技術長的指示逐步規劃著那種刀鋒式簡易電腦，技術長也是清楚我的單位，資安管控甚嚴，上班用的個人電腦，是不能上民網查詢相關資料，只能下班在家中方能做，畢竟會很辛苦。即使如此，預計隔年初前規劃完即去報到與簡報規劃，時程未變。但因老婆不算短的重度流感方痊癒，雖然兒女二方的保母無怨無悔的無時無日照顧，但心中就有一種疙瘩，阻礙並且很快地消退著著換職的熱情與動力，終於下定決心不再轉職，於是年底前去電技術長，因各種因素，明年初的報到取消。這是人生第二次轉職未成，第一次是轉職去成功大學自費攻讀博士學位未成。但只記得自交大

研究所開始，就自告奮勇到幾家有販售科技叢書的書局找兼職翻譯的工作，似乎還很順利，陸陸續續也有出版過約20本獨自的翻譯的書，帶來200－300萬不小的額外收入。這次轉職沒有同事知曉，早些自同機構轉職華碩公司的研究所同學亦不知曉，保密到家。

在同部門工作足足剛好滿20年，也剛好此時早已經離職同事，緊急介紹到高科大自己攻讀電子工程博士，也許是命運作弄人，不僅四年內取得博士學位，也幫忙幾位在職碩士專班的同學畢業，這就是50歲遲來的福氣，但也是50＋到60＋提早退休之間最忙碌的十幾年，身體狀況似乎按步就班的到來，應該說職務壓力，關關難過關關過，只是船過水長痕，久久難以消散。正如張忠謀先生曾言，每一個人出生時，上帝就在身上給你劃上一道傷口，所以沒有一個人一生是圓滿的。就以接了幾個專案後，莫名不慎地同時得了蕁麻疹與頭皮囊腫發炎而言，

來得的確突然，去時又是如此地偶然！回頭想想，似乎壓力造成了免疫系統轉弱所致，畢竟當大型計劃通過驗測後不久，已經超過半年尚未痊癒的蕁麻疹應該已經轉成慢性疾病，醫生早已經束手無策，建議我只能慢慢自我調整心理狀態，豈知就這麼無緣無故的痊癒，之後完全不再出現，也算是老天爺賜我的恩惠吧！正如一段諺語是如此說著：「老天很有意思，貓喜歡吃魚，但貓不能下水；魚喜歡吃蚯蚓，但魚不能上岸」。意謂著人生就是一邊擁有，一邊失去。的確，50＋後人生累積了技術、經驗、膽識，勇於承接大型任務與其他部門因地利之便而委託它們負責的任務，薪資當然增加，但總需帶著不少人東奔西跑，幾乎台灣本島與外島都有足跡，回想起也說來奇怪，台灣就一個縣市未出差過，宛如不老戰士一般，不知何來的精神與體力，似乎是在抓住中年的尾巴，趕赴一場即將遇到的長日斷點，也就是一生職場的終點。三十多年職場的點點滴滴的回憶，還是如此的清晰，春夢未醒，就

已經是倏忽華年！一場漫漫歲月，恍惚如同退休後一周在高雄大遠百欣賞的第一場電影，「靈魂急轉彎」，歲月的確如同賽車般，偶然來個急轉彎，即使是再回頭看一回兒時電影，早已經是昨夜的一場哭殤的夢。散場的電影，片尾的音樂，散去的人們，我拿起手機重新開機看看是否有line訊息，卻偶然抬起頭望向四周，散場的座位早已人去樓空，突然發現僅剩鄰座的中年婦女久久未離去，似乎還是想著重溫一次這部動人的影片。但我急著要離去時，問她要繼續看嗎？但毫無反應，偷瞄了一下她的臉龐，帶著一股深邃的憂傷，難道她正如同我一樣，剛剛退休，也是尚未習慣落寞？還是仍懷念著那段長日已盡的悲喜哀樂的美好時光？殊不知長日過往，僅剩不長的珍貴餘命，卻幾乎哀怨常相為伴，奈何念念長日的曾經呢？

一生長日宛如浪濤，漫漫長日起伏如常。正如卡夫卡名言；生命之所以有意義是因為它會停止，宛如

長日已盡般的無奈。姑且援引弘一大師的名詩名曲
《送別》改編成《送別長日》：

長堤外，浪濤邊，碧海依連天
夕陽照，晚風拂，長日伴孤寂
雲之巔，水之涯，別夢生之年
話別今宵是幾何，餘歡盡珍惜

悠悠人生，正如馬爾克斯《百年孤寂》一書中所
言：我們趲行在人生這個亙古的旅途，在坎坷中奔
跑，在挫折裡涅槃，憂愁纏滿全身，痛苦飄灑一
地。我們累卻無從止歇；我們苦，卻無法迴避！長
日過後，生命中曾經擁有的燦爛，終究都需要用寂
寞償還。

楊柳樹下

民國110年10月28日，時間距離109年12月
30日退休日，就這麼短短的幾個月的退休
生活。這個餘生僅剩不多的難忘日子，終於
離開了久居已經60餘載的南方高屏，自所
謂的下港地區，遙遠地北漂（應該也可說是
老漂）至幾乎人人嚮往的台灣頭的天龍國之
一：新北市，只為住近蘆洲親家宅並且結婚
後住台北市大橋頭捷運站附近的新居。新北
是一座擁擠且新舊雜陳不堪的城市，為數不
少的都是北漂的年輕人，無法想像他們圖的
是甚麼？但可以推論的是，所謂的天龍國應
該是全台灣年輕人的天堂，而非只是所謂

雙北人獨享的浮華世界。看過多數的報導，60歲後搬家是大忌，尤其生活習慣不適應以及離開熟悉的親朋好友是極大的不同。生活方式與環境空間被限縮就是一大損失，適應期何其久也，無法回顧怎麼會有如此的決定？老同事聽到如此決定何其訝異，都說不是應該遷居回屏東潮州老家才是。唉，不是當事人，怎知為何如此矛盾？只能說，不足為外人道也。

光陰似箭，北漂的生活剎那間已經一年多了，仍然完全無法融入在地生活環境，似乎只是所謂的生存而已。生活機能極為完整，都是為了密密麻麻的聚集人蟻，談不上尋常日子的隨意生活，腦海中不時勾起那難忘的高屏故居之地，更是完全與此新居大異其趣。日子久了，仍在希望與失望中，矛盾與糾葛間，反覆地如無止盡的深淵與輪迴，何時能了？

退休前早已經網購空氣麥克風，為了錄音舊居附近常見的五色鳥、綠繡眼、白頭翁、麻雀、白腰

鵲鴝等附近常見的留鳥叫聲，建立輕而易取的大數據，專心學習目前最為熱門的人工智慧（AI）。並非退休後再造驚人的第二春成就，只是為了學習新事物，持續訓練腦力，尋找可應用之處，不致於過早呈現失智先兆。至於是否還能衍生輝煌的第二春，端視自己對於所謂功成名就的私慾而定。畢竟從事人工智慧的專業人士，各個必然是業界團隊中佼佼者，有穩定的各式各樣的市場客群而且要能取得商業大數據。明確地說，單打獨鬥的作法，應該絕大部分只是個無聊的玩家，為的是打發剛從某項特異專業技術職場退休下來多餘的時間以及忘情不了所謂理工人士的專情罷了！

購買能錄下鳥音的簡便麥克風，只是數千元的便宜如手掌大小的迷你且攜帶方便的套裝機型，而且可直接與相機或手機連結的迷你型機種，符合個人閒逛高雄美術館、澄清湖、鳥松濕地公園、或客家文物館等有諾大樹叢且較無人蹤干擾的地方，邊逛邊豎起耳朵聽八方與眼觀四面。就如此，也因新冠疫

情轉趨嚴峻，能在樹叢
的步道間遇到幾位同
好，幾乎屈指可數，而
且雙方擦身而過，保持
安全距離，也不有任何
互動，似乎這個世界幾
乎已經停止運轉了。宛
如一片死寂的樹叢裡，
鳥鳴聲音幾乎可馬上經
由耳朵定位，迅速移
動錄音麥克風方向，按
下手機錄音APP軟體，
即可紀錄下最完完美的
無噪音干擾的鳥叫聲。
當然，除非鳥鳴聲剛好
在馬路附近的行道樹
上，車子呼嘯而過的吵
雜聲，已經完全覆蓋清
脆的鳥鳴聲，錄音的

工作即刻停止。越是不受干擾的鳥鳴數據資料庫，越能精準分析出各種鳥音的特徵。鳥族們永遠不會知道，它們居然變成了人類學習科技新知的重要媒介！豈知就只有短短的半年多，雖然稍有成就，然而想想，如果要在人工智慧上打出知名度與實用化，務必在刊物上發表，而且需為實用化。以鳥音發表，僅能在純理論的學術刊物，或者是不起眼的農業期刊投稿發表，似乎沒什麼商機，因此研究即刻中斷。然而獲得的副產品就是在樹林間拍攝到不少鳥族以及非鳥族的風景相片，更在附近的風景區走路運動，邊際效益極高。

60餘載辛苦讀書與工作的報酬就只有如此短暫半年多無憂無慮且自由自在的退休後高雄生活，今生似乎未曾遇過，雖是無比的珍惜，然而再幾個月後就要北漂到另一個陌生的環境，卻徒留無比的遺憾。看過許多報導，60歲後再移居它處是人生的大忌。或許吧，離開數十載熟悉的環境與親朋好友，垂垂老矣，一切都得重新適應，辛苦無從說起，即使僅僅短暫的一年多而已。

大老遠北漂到新北市蘆洲區的所謂的都市重劃區，約僅50公尺遠，跨過一條小小的馬路，就是所謂的柳堤公園，據說幾乎是蘆洲區最大且是老少咸宜的公園。為何稱為柳堤，其實應該是十多年前，原本只是稻田與其它農作一片的都市重新規劃區，寸土寸金的土地，為留下一隅休閒娛樂空間，而是是以四邊角落剛好有四株老柳樹作為公園界定範圍。經查文獻，此一小公園坐落於光榮路與長樂路口，占地面積約9600平方公尺，長方形狀。如一般公園般，有約320公尺長的環狀柳蔭步道、成人健身器材、兒童遊樂區、高台溜冰場，草坪、雕塑造景、鐵椅，石桌，幾株老榕樹與多樣化植栽、以及約在四個角落的柳樹，的確是蘆洲區少見的大面積公園。假日時，老老少少，各自有著自己歡樂的天地，兒童嬉戲的歡樂聲，與幾位老人每日的陳腔濫調的漫無天地式的聊天來打發退休歲月，正如柳樹彎曲佝僂的軀幹與下垂青翠的柳葉，形成了強烈對比！有言道，退休後的餘生很貴（重），而自己卻宛如活的輕如鴻毛。如果與高雄舊居附近的三民公園相比，簡直小巫見大巫。高雄三民公園不僅包括這座柳堤公園所有的一切，又有一棟活動中心、每個區

必有的一座區圖書館、籃球場、羽毛球場、以及退休勞工最大樂趣的下棋活動,散布公園各處,而且圍觀者中眾,多達數百人,更有外籍看護推著輪椅老人一起聚集聊天之天堂。古樹參天與與多樣植栽,更是不生勝枚舉,宛如一座都市叢林。樹林下比比皆是退休的下棋與圍觀人士,就如此度過一天幾乎不花錢的退休生活,餘生就如此清閒簡單便宜。

臨近的這座柳堤公園內活動的人們,佔最多的是年輕父母攜帶幼兒玩樂者最多,其次是繞著公園較外圍步道走路運動的男女老少,最少者為終日端坐在鐵椅或石板上的三三兩兩聊是非的更年長者,也就是走路已經漸漸成為負擔的區區幾位,每天到此上班,中午與黃昏後則各自下班返家,幾乎談論的都是柴米油鹽醬醋茶,硬是擠出來的話題毫無內涵,言如其人,為所言而言,宛如是在鍛鍊口技,其實是在掩飾終日難耐的孤寂。這裡就是他們第二春,非常難得,與高雄的三民公園內的數百位退休勞工們,似乎極為雷同。

雖然這座鄰近住居的公園幾乎是我上下午經常造訪走路散步之處，然而此時此刻的心境，正如同1950年代時期，名詩人鄭愁予先生，曾經發表一首經典詩作，名為《錯誤》的一首曠世奇詩般：

我打江南走過

那等在季節裡的容顏

如蓮花的開落

東風不來

三月的柳絮不飛

你底心如小小的寂寞的城

恰若青石的街道向晚

跫音不響

三月的春帷不揭

你底心是小小的窗扉緊掩

我達達的馬蹄是美麗的錯誤

是個過客

短短一年多的北國飄渺生存的季節裡,是否終將如年復的蓮花,花開花謝,枯葉凋零,但每年還會有周而復始地長出青葉嫩枝與美麗的荷花。已經無法再如三月的春天,心如緊掩的窗扉。錯亂的馬蹄,的確是個美麗的錯誤,也終將是無情的歸人,不是過客。日本名文學家村上春樹曾言道,人不是慢慢變老的,而是有那麼一天放棄了希望,瞬間變老。現在的我,不就是如此貼切相似。放棄的很多,宛如冥冥中注定不得不瞬間突然變老似的。

聽過一首歌《飛鳥和蟬》，歌詞是這麼寫著：

北緯線的思念被季風吹遠

吹遠默念的側臉

吹遠鳴唱的詩篇

你驕傲的飛遠

我棲息的葉片

去不同的世界

卻不曾告別

滄海月的想念羽化我昨天

在我成熟的笑臉

你卻未曾看過

其實這是隱喻著兩個來自不同世界的人最終將注定
各奔東西，無緣的告別，而且是一別就是終生。飛
鳥一心想要四處翱翔天際；而蟬則只想棲息潛伏於
樹幹上，度過一夏，也是它的一生。的確，不同歸
途的飛鳥和蟬，偶然在同一樹枝相遇且共鳴一幅美
景詩意，但瞬間後各自途殊終成陌路，來不及不捨

的美麗告別。真想羽化成我的昨天，深夜裡突然夢驚醒，如此地靜瑟，又是一場某漫漫長夜，你如何能遇見體會？懷念的高屏60餘載的美好歲月，頓時成了破碎的回憶，命運的確真是捉弄人！

偶爾與幾位年齡相仿的退休男女聊起，為何一對年紀約莫超過七十歲的老夫妻，在我們住家同一條巷子，離柳堤公園稍遠處，應該算是有點錢，否則怎可能住在附近人稱所謂每坪高於50幾萬的高級住宅區？除非與兒女同住的台北市喬遷於此的真正天龍國人士，高價賣掉舊公寓，逃居於此相對低房價的二等天龍國成員。後來終於得到確切的資訊。他們是遠自中國大陸來依親婚嫁台灣醫生的女兒，已經有三年之久。每每看見那位走路不正常的老公，經常自己推著輪椅東搖西混，不小心就偏移柳堤步道而陷入旁邊的草地中，或者推著推著就跌倒躺在地上無法爬起。說也奇怪，公園中每到下午時刻特別多人，帶著年幼兒女到此陪著耍的年輕的父母聊天的老人居然都無同情心，見怪不怪，視若無睹，真的應驗我內心的感觸，天龍國還真是座冷漠的城

市。搭乘捷運觀察許久，也幾乎是如此。當然偶爾有例外，難道來自台灣各地的北漂客，到了天龍之地，原本純樸的心完全變了樣？環境真會造弄人！

有次下午走路後，剛與某位熟人短暫聊完，轉身欲返家，撞見這位身障的老公倒在輪椅旁的草地與水泥地邊緣，老婆自己拉他不起，居然不到數步之遙的一位女士，視若無睹地自行走來走去，做著自己的健身操，完全視若無睹，完全無意幫忙扶起，或許早已經見怪不怪了，也許這位倒下的老人平日動作異常，避之惟恐不及，更或許自命清高，怎可能做這種大眾都不肖做得糗事？果真是無情的城市造就了無冷漠的市民！我轉身撞見，趕快協助扶起，哪位老婆感激不盡。扶起後，老公與老婆共推著輪椅繼續走著，完全如同所謂的老夫老妻病痛時相互扶持一生的真愛。我更進一步併走順勢問起老婆關於老公的年齡，畢竟在我心中似乎早已經從外貌設定這位老公已經有80歲了。居然這位大嬸回答我，他還沒70歲，是得了一種罕病。我不再追問是何

種病？（後來再遇見深聊後，方知這種罕見疾病，就是如同我母親罹犯30多年的巴金森氏症）。我只提醒她，你們也是住在我們那條巷子，過馬路要小心。這位大嬸回答我，他們還要持續走這步道，而我則不再多言，僅陪走了數步，即趨步前進，往住家的小巷離去，雖然不再回頭張望這對夫妻，然而內心的糾結，他人能否理解？返家短短的數十公尺，內心是如此的糾結，已經這麼一把年紀，又是病痛纏身，何需飄洋過海遠至台灣依親，不就在熟悉的中國大陸住在安養院終其不美好的晚年就好？難道就是嚮往著離開了長久棲息的葉片，驕傲地飄落至遙遠的美麗南方國度，卻來不及告別棲息數十載的小小葉片，從此不再看到成熟歡樂的輕輕笑臉。是否生命中數十年積累的思念中，瞬時之間卻飄飄地如柳葉之輕。從一個城市到另一個城市，柳絮紛飛飄零，記憶流逝如光，也趕上了這一場，飄了，落了歲月是否洗滌了短暫的歲月。淡了，忘了。城市的記憶，即使短如百年。

楊柳樹下的步道，姍姍走路的人們依然川流而過，或有相知的嘻笑聲，或靜靜地擦身而過，然而步道旁的排排鐵椅也總是有人悠閒的坐著，享受著片刻的美好時光似的，而四個角落的柳葉細絲則隨風飄曳著，看似相遇有緣，卻是偶然。扭曲無法打直的柳樹老幹青葉被陽光穿透著，呈現亮麗的反光，似乎與經常枯坐在步道鐵椅上白髮蒼蒼的八旬老婦的靜瑟沉思，有著異曲同工的深情憂傷。

想必多年之後，楊柳枝幹將更為老化扭曲成無法想像的模樣，然而樹幹上的細長輕葉依然青翠隨風搖曳著，樹葉長青，完全看不出老態的模樣。步道小徑鐵椅上的主角是應該早已經替換多次，或許是柱著拐杖的我，隨著光陰的流轉，仍以為只是短暫的過客，卻在不知不覺中成為了楊柳樹下的新主人。穿過公園對面的慈濟思堂建築物屋頂的落日夕陽向晚……夕陽想往！多想，楊柳樹下，徘徊著不再的青春，能否忘記了歲月的容顏？！

寂寞窗台

回眸悠悠人生歲月，孤寂平常以對！姑且稱
之為《寂寞窗台》是有其原因的。畢竟這個
窗台似乎至少已經孤零零地獨自座落於此有
16年以上的歲月，是人生平均年齡約五分
之一，而且很有可能再歷經30多年的滄桑
歲月，直到人們已經喜新厭舊為止。屆時它
終將再次經歷人類的大肆摧殘後改頭換面，
彼時是否還有所謂的窗台，而且再次經歷如
此相同孤零零的滄桑歲月仍是未知數。它的
一生是否如風花雪月的璀璨，端賴它的主人
是如何對待，或許不再如此孤寂悲戚，送往
迎來盡是花花草草，儼然成為了路人駐足欣

賞的《貴氣窗台》也說不定。但肯定的是，《寂寞窗台》必將伴隨著一段灰濛的歲月，也是在你僅剩很短的餘生歲月中，仍是無奈寂寞故事的延續！

因為家屬決定買下此棟中古舊房，做為北漂的新居。這裡所謂的家屬是包括住在這附近不遠處的親家、結婚後已經在離附近捷運幾站外之台北市區另買預售新屋的女婿與女兒、當然最重要的還是久居高屏與台南已過60載之出資買此房的父母親。在房仲業者的資料上顯示，的確此房已經有這麼久遠，前屋主是否善待過它，不得而知。如果要再清楚地描述這棟六樓華廈的外觀，可以用《庭院深深》四個字方足以形容它，即使外觀漸漸呈現老舊，但它的確有著《古色古香》的氣質與典雅風範。這棟宛如大別墅造型的六樓華廈，應該是幾位之前農地大地主請人合建的，房屋地基約僅占土地全部的一半，因此自房屋的前方（應該是說是後方）鐵門入口步行到唯一的一座電梯，大約45公尺的距離，不能說不遠，的確有

些特別，因此以《庭院深深》形容是再恰當不過的。只不過，它如同每一棟大樓一般，有著法國式的優雅名字，正如同它有著庭院深深的特殊步道，完全與一般的大樓的蓋法大異其趣。如此這種建築方式，由於地基不大，僅能建蓋6～7樓層華夏，或者也是附近這個所謂重劃區，高級住宅此起彼落的特殊獨門獨院的所謂透天樓房者，比比皆是，而且建築樣貌幾乎極為雷同，如出一轍，應該出自於同一建築師或事務所的傑作。即使是鄰近的最大公園亦屬小型，環繞步行一圈約300公尺長，與先前居住的高雄市，諾大的公園綠地比比皆是，大異其趣！或許這是天龍國寸土寸金的怪異特色吧！而此公院環繞的樹木奇矮，符合都市重劃不久的模樣，如果說是光禿禿也不足奇怪，倒是老人健身以及兒童玩耍器材為數不少，是座老少咸宜的青春型公園，歷經16年的歲月仍如此光禿禿一片，留下一片較大的草原區、水泥地的兒童遊樂區與溜滑梯、最後就是成人專屬的環繞公園的步行運動水泥路以及簡單拉筋健身器材，而且沉坐著多鰥寡孤獨的多位老人，有人閒聊著自己的過往，或者漫無主題地談論

著東南西北的無稽之談，極盡地欲消磨終日，似乎走入退休生活多年後，午后時光以各種方式簡單的聚集，已成為常態，常見的無奈，正如高雄市大大小小的公園，共同的特色就下象棋娛樂一天，如此簡單的退休長日。但最特殊的是此座公園僅隔著一條馬路，正對著諾大的慈濟靜思堂，從這窗台亦可斜觀之。它是兼做老人日托型長照的慈善業務。這些看似應有盡有的標準型老少兼顧的年輕公園，比

起我先前長居住高雄某地區的風景完全無法比擬，它的附近有著愛河、高美館、中都濕地公園、以及客家文化園區等等，都是頗是盛名而且具備悠久歷史的風景區。那曾經的美好，對照此時此景，豈止《寂寞窗台》的失落淒涼而已，歲月的斷涯怎麼如此恍然陡峭，殘酷地對待著一位好不容易工作近36載退休的《寂寞老人》！

新居中古宅至少轉手經歷了二位屋主，原屋主應該是新建屋的第一手買主，當然我們應該是第二位屋主，畢竟房仲以及久任此棟華廈的唯一管理員也是這麼說的。評估第一手屋主買房時應該不到45歲，也是在台灣工作而已，而且有一位十幾歲的獨生女兒。後來或許是陰錯陽差，因為某種原因即往中國大陸發展，這也是當時台灣許多製造業大舉往中國大陸發展的全盛時期，此種二岸人民間的互動頻繁，也間接地產生許多獨守空閨的女性《台獨份子》，進而衍生層出不窮的問題，是偶然也是必然！

回到正題，如果提起前屋主則有些八卦了，這也是買了後詳細詢問管理員後方得略知一二，可見我的家屬們買房功課做的不怎麼認真徹底。我在高雄請就近的女兒與女婿、親家、以及專程北上看屋的老婆特地詢問管理員與鄰居一二，結果是應該是管理員知曉卻隱瞞，還是就是喜歡此宅，當然只要不是凶宅即可？（其實依照買賣房屋規定，賣屋人與房仲業者必須明列）看了房屋後才漸漸知曉，似乎也沒這麼忌諱，畢竟只是因為老夫老妻的男女屋主因為層出不窮的問題，因而分產方急著脫手賣屋籌錢。而且聽說原本要私下賣給隔壁鄰居，只因為價碼認知差距僅數十萬而談不成交易（後來經詳細詢問他人方知，旁邊鄰居主事的女兒母親僅僅想以五年前時，以每坪約於同五年前價格多幾十萬便宜買入），當然完全不可能。因此才改由親家母方屋仲介的閨密老公促成與我的家屬成交。一切就這麼偶然，這座《寂寞窗台》也就這樣有了它的新故事，述說著它前後主人的點點滴滴，賦予了如此不怎麼起眼窗台的過往與未來之悲喜歡樂的生命樂章！

這個鐵製漆黑的歐風式造型，從書桌旁的百葉窗隙縫往外端倪，中間是一個突起的錨劍，二旁各有一位相同拉起弓箭的武士，似乎象徵著中世紀歐洲威權，應該有著捍衛著此棟建築得意涵，可見當時設計此棟華廈的建築師之用心。只是這麼一個圖騰，隨著歲月的更迭，當然有著鮮明的漆落斑駁以及灰黑色彩雜陳，磨石樓台地板一隅或許是被經年風吹雨打的關係，早已經泛黃的細石上堆積了一些風乾落葉的過客，益顯其歷盡滄桑的過往。它以為的

陌生故鄉，只會是短暫的過客之旅，已經成為了它永遠的故鄉。瞬間頓時成為了永恆，漂寄無垠！過往久居一甲子的南方歲月，任誰也會如同《寂寞窗台》一般，鄉愁就如此羈絆著你曾經的自由。窗外的車行人流以及不遠處孩童於公園裡嬉戲的笑聲，我早已經似有或無不再注視聆聽，畢竟這些都只是如此陌生地偶然，偶然到自已經很自然地淹沒在鄉音呼喚的歲月洪流的碎波聲中。

回憶起年輕時，看過一本日本名著《窗邊的小豆豆》，是比喻教育的寬容、博愛、順從、甚至妥協。一隅窗台，正如同見證了歲月的孤寂與寬容，人性的脆弱不也終將臣服於不得不的無耐與妥協！城市百媚，同樣是窗台，傳統舊式密密麻麻的鐵窗，看盡了人性的脆弱；而裝飾型的窗台，卻是道盡了歲月寂靜之美。

有這麼一首歌曲《留不住的故事》，是早期名歌手黃鶯鶯傳唱出歷久感人肺腑與悲戚。歌詞是這樣寫著：

許多從來不曾在乎的事
如今慢慢地交織成
交織成一張無邊的網
層層地把心網住
在年輕的迷惘中　我最後才看清楚
美麗和悲傷的故事　原來都留不住
青春的腳步　它從來不停止
每一個故事的結束　原來都留不住
美好的開始　它最後常常是不怎麼美好的結束
在故事的盡頭　我的選擇是用孤單將自己鎖住

我總會端坐在百葉窗邊書寫閱讀，偶爾撥開窗扉縫
隙一再仔細端詳，思緒往往在無意中迴盪於飄渺的
未來，但也是如此地肯定，那就是一條餘生的軌
跡。的確，那曾經無法遺忘的美好，就如同《寂寞
窗台》的故事，最後都是不怎麼美好的結束。微風
輕拂著泛紅的夕陽，穿透百葉窗的隙縫輕輕灑入，

窗台下經年的落塵依然靜靜地鋪陳著。往事如念，
孤獨終究又是悲傷故事的開始！

此時此刻，想起自己幾年前已經是半百老翁，參加
了中青旅行社承辦的《浪漫阿塱壹》古道之旅，
也就是所謂的人的一生必遊的山海交會的南國之

端，介於台東與屏東之間的古道秘境。古道歸來，感動著我於某部落格《浪漫阿塱壹》中寫道：

我是多麼羨慕
你總能如此自在
翱翔在歲月的天籟
這一夏　陽光與我許下了諾言
就這樣　那一段山海情緣
在阿塱壹
我能有多少熱情
還能擁抱你多久　終究一別
終究一別　圓石路遙
再見了　阿塱壹
你依舊靜靜地　聽念著海濤
而我　是如此地疲憊
要如何回眸
等待下一季　眷念

陽光、山海、古道，長久以來，鮮為人知的秘境，是自由的象徵，人類嚮往大自然的天性，也是我長久以來堅定的旅遊本性。這座窗台不會因為更換了主人後即將自由自在，它只是座裝飾用樓台，與此屋共結連理，是不得不的千年之戀，生於此，或許終究亦將歿於斯。貴為此屋的新主人，只是個偶然，但可確定的是，它不會是永遠的必然。

今日窗外細雨綿綿地落下，風兒也來湊個熱鬧，窗台下細石平台上沉積多年的枯枝落葉似乎因風吹與小雨珠而微動著，宛若有了一丁點生機？其實只是被動式地隨風雨無韻律地起舞著，絕大部分的時間仍是無動於衷地隨著歲月靜靜地躺著，偶然間看似起死回生，瞬間又宛若趨於死寂。是否當下，窗台下的微塵也正如此地窺視著，端詳著這位陌生的新主人，不得而知！即使僅短如16年的歲月，或許已近來生的起點，一切相生皆是偶然與無奈！

　　窗外依然公共汽車來來往往，吵雜聲不絕於耳。轉
動百葉窗簾視角一窺外投熙熙攘攘地各式大大小小
的交通工具，車輪依著它們自己該有的速度輪動
著，而這《寂寞窗台》依然如此靜瑟地聆聽著這種
宛若吵雜但依然有著自然地節奏，似乎訴說著孤獨
人家的悲歡哀愁，永不歇止地自然樂章，這座《寂
寞窗台》輪轉著悠悠歲月，逐漸地釋然老去。

國家圖書館出版品預行編目 (CIP) 資料

歲月長河 / 羅志正作. -- 第一版. -- 新北市 :
商鼎數位出版有限公司, 2024.09
　　面；　公分
ISBN 978-986-144-293-8(平裝)

863.55　　　　　　　　　　113014438

歲月長河

作　　者　羅志正

發 行 人　王秋鴻
出 版 者　商鼎數位出版有限公司
　　　　　地址：235 新北市中和區中山路三段136巷10弄17號
　　　　　電話：(02)2228-9070　傳真：(02)2228-9076
　　　　　客服信箱：scbkservice@gmail.com

編 輯 經 理　甯開遠
執 行 編 輯　廖信凱
獨立出版總監　黃麗珍
美 術 設 計　黃鈺珊
編 排 設 計　蕭韻秀

商鼎官網

來出書吧！

2024年10月15日出版　第一版／第一刷